Goosebumps®

Goosebumps®

Goosebumps®

雞皮疙瘩 17

怪獸必殺技

How To Kill A Monster

R.L. 史坦恩（R.L.STINE）◎著

柯清心◎譯

致台灣讀者

讀者們，請小心……

我是R．L．史坦恩，歡迎到「雞皮疙瘩」的可怕世界裡來。

你是否曾在深夜裡聽到過奇怪的嚎叫？你是否曾在黑暗中聽到腳步聲——卻根本看不到人？你是否見過神祕可怖的陰影，幽幽暗處有眼睛在窺視著你，或者身後有聲音叫你的名字？

如果是這樣，你應該了解那種奇特的發麻的感覺——那種給你一身雞皮疙瘩、被嚇呆的感覺。

在這些書裡，幽靈在閣樓上竊竊低語；膽顫心驚的孩子忽而隱形；稻草人活了，在田野裡走來走去；木偶和布娃娃也有生命，到處嚇人。

當然，這些都是磨礪心志的好玩的嚇人事。我希望你們感到害怕，同時也希望你們大笑。這都是想像出來的故事。當然，最可怕的地方在你們自己心裡。

過個害怕的一天吧！

R L Stine

出版緣起

人生從奇幻冒險開始

城邦媒體集團首席執行長　何飛鵬

我的八到十二歲是在《三劍客》、《基度山恩仇記》、《乞丐王子》中度過的。可是現在的小孩有更新奇的玩具、電玩、漫畫，以及迪士尼樂園等。

八到十二歲，正是孩子從字數極少、以圖畫爲主的繪本閱讀，跨越到漸漸以文字閱讀爲主的時期。也正是訓練孩子從圖像式思考，轉變成文字思考的重要階段。在這個階段，養成長期的文字閱讀習慣，能培養孩子敘事、分析、推理的邏輯思辨能力，奠定良好的寫作實力與數理學力基礎。

然而，現在的父母擔心，大環境造成了習於圖像、不擅思考、討厭文字的一代。什麼力量能讓孩子重回閱讀的懷抱呢？

全球銷售三億五千萬冊的「雞皮疙瘩」，正是爲了滿足此一年齡層的孩子的需求而誕生的！

無論是校園怪奇傳說、墓地探險、鬼屋驚魂，或是與木乃伊、外星人、幽靈、吸血鬼、殭屍、怪物、精靈、傀儡相遇過招，這些孩子們的腦袋裡經常出現的角色或想像，經由作者的生花妙筆，營造出一個個讓孩子們縱橫馳騁的魔幻時空、光怪陸離的神奇異界，經歷各種危急險難，最終卻又能安全地化險為夷。這樣的冒險犯難，無論男孩女孩，無不拍案稱奇、心怡神醉！

本系列作品被譯為三十二種語言版本，並在全球數十個國家出版，創下了出版史上多項的輝煌紀錄，廣受世界各地孩子的喜愛。作者史坦恩表示，這套作品之所以成功，是因為多年的兒童雜誌編輯工作，讓他對兒童心理和兒童閱讀需求有了深刻理解——他知道什麼能逗兒童發笑，什麼能使他們戰慄。

我們誠摯地希望臺灣的孩子也能和世界上其他的孩子一樣，有更豐富多元的閱讀選擇。更希望藉由這套融合驚險恐怖與滑稽幽默於一爐，情節緊湊又緊張的「雞皮疙瘩系列叢書」，重拾八到十二歲孩子的閱讀興趣，從而建立他們的閱讀習慣，擁有一個快樂學習的童年。

現在，我們一起繫好安全帶，放膽體驗前所未有的驚異奇航吧！

專文推薦

戰慄娛人的鬼故事

國立臺北教育大學語文與創作系兒童文學教授 廖卓成

這套書很適合愛看鬼故事的讀者。

文學的趣味不止一端，莞爾會心是趣味，熱鬧誇張是趣味，刺激驚悚也是趣味。有人擔心鬼故事助長迷信，其實古典小說中，也有志怪小說一類，《聊齋誌異》就有不少鬼故事。何況，這套書的作者開宗明義的說：「這都是想像出來的故事」，不必當眞。

既然恐怖電影可以看，看鬼故事似乎也無妨；考試的書讀久了，偶爾調劑一下，對頭腦卻是有益。當然，如果看鬼片會連續失眠，妨害日常生活，那就不宜勉強了。

雋永的文學作品，應該有深刻的內涵；但不少兒童文學作品說教有餘，趣味不足。只要有趣味，而且不是害人爲樂的惡趣，就是好的作品。鮑姆（Baum）在《綠野仙蹤》的序言裡，挑明了他寫書就是爲了娛樂讀者。

倒是內行的讀者，不妨考校一下自己的功力，留意這套書的敘事技巧，由主角「我」來講故事，有甚麼效果？書中衝突的設計與化解，是否意想不到又合情合理？能不能有不同的設計？會不會更好？這是另一種引人入勝之處。

導讀

結局只是另一場驚嚇的開始

臺北藝術節藝術總監
臺北藝術大學戲劇系兼任助理教授
耿一偉

不知道大家還記不記得，小時候玩遊戲，比如捉迷藏等，都會有一個人要當鬼。鬼在這個遊戲中很重要，沒有鬼來捉人，遊戲就不好玩。這些遊戲的關鍵特色，不是人要去消滅鬼，而是要去享受人被鬼追的刺激樂趣。所以當鬼捉到人後，不是遊戲就結束，而是下一個人要去當鬼。於是，當鬼反而是件苦差事，因為捉人沒有樂趣，恨不得趕快找人來替代。所以遊戲不能沒有鬼，不然這個遊戲就不好玩了。

在史坦恩的「雞皮疙瘩系列」中，這些鬼所扮演的角色也是類似遊戲中的鬼，給我帶來閱讀與想像的刺激。各位讀者如果留意一下，會發現在他的小說中，都有一個類似的現象，就是結局往往不是一個對抗式的終局，一種善惡誓不兩立，以消滅魔鬼為最終目標的故事——這比較是屬於成人恐怖片的模式，不是你死，就是人類全部變殭屍。但「雞皮疙瘩系列」中，你的雞皮疙瘩起來了，可是結尾的時候，鬼並不是死了，而是類似遊戲一樣，這些鬼換了另一種角色，而且有下一場遊戲又要繼續開始的感覺。

礙於閱讀的樂趣，我無法在此對故事結局說太多，但各位看完小說時，可以再回想我在這裡說的，就知道，「雞皮疙瘩系列」跟遊戲之間，的確有類似性。換另一個角度來看，這些主角大多爲青少年，他們在生活中碰到的問題，如搬家面對新環境、男生女生的尷尬期、霸凌、友誼等，都在故事過程一一碰觸。

「雞皮疙瘩系列」令人愛不釋手的原因，也在於表面上好像主角是鬼，但讀到一半，你會感覺到，故事的重點不知不覺地從這些鬼怪轉移到那些被追的青少年身上，鬼可不可怕不是重點，重點是被追的過程中，一些青少年生活中的苦悶，也被突顯放大，甚至在故事中被解決了。所以你會在某種程度感受到，這本書的內容是在講你，在講你的生活，在講你的世界，鬼的出現，只是把這些青春期的事件給激化了。

另一個有趣的現象，是從日常生活轉入魔幻世界的關鍵點，往往發生在父母不在身邊，然後主角闖入不熟識空間的時候——比如《魔血》是主角暫住到姑婆家、《吸血鬼的鬼氣》是闖入地下室的祕道、《我的新家是鬼屋》是新家的詭異房間……等等。

因爲誤闖這些空間，奇怪的靈異事件開始打斷平凡無趣的日常軌道，一段冒險展開了，一場你追我跑的遊戲開始進行，而父母們往往對此毫無所悉，不知道自己的兒女在故事結束時，已經有所變化，變得更負責任，更勇敢。

「雞皮疙瘩系列」的意義，也在這個地方。在平凡無奇充滿壓力的青春期校園生活中，有那麼多不快樂、有那麼多鬼怪現象在生活中困擾著我們，但這無法跟家長說，因爲他們不能理解，他們看不到我們看到的。但透過閱讀，透過想像力所引發的鬼捉人遊戲，這些不滿被發洩，這些被學校所壓抑的精力被釋放了。

幸好有這些鬼怪的陪伴，日子不再那麼無聊，世界可以靠自己的力量改變。終究，在青少年的世界裡，鬼怪並不是那麼可怕，在史坦恩的小說中，也往往會有主角最後拯救了這些鬼怪的情形，彷彿他們不是惡鬼，而比較像誤闖人類世界的外星人……這也是青少年的焦慮，他們正準備降臨成人世界，這件事讓他們起了雞皮疙瘩！！

這句英文怎麼說

我沮喪的坐回自己的位子。
I slumped down in my seat.

1.

「我們幹嘛非去不可？」我在車子後座哀號道。「爲什麼？」

「葛茜，我跟妳解釋過三遍了，」老爸嘆口氣說，「妳媽媽和我爲了工作上的事，得到亞特蘭大一趟！」

「我知道啦，」我將身子靠往前座，「可是爲什麼我們不能跟你們去？爲什麼我們得留下來跟爺爺、奶奶在一起？」

「因爲小孩子得聽爸媽的話。」爸媽齊聲回答。

因爲小孩子得聽爸媽的話——一旦他們祭出這招，就表示我們再怎麼吵也沒用了。

我沮喪的坐回自己的位子。

爸媽今天早上接到電話，他們在亞特蘭大有公務急事得處理。

眞是太不公平了。

我在心裡嘀咕著。他們可以去超酷的亞特蘭大，而我和克拉克——我的異父異母弟弟——卻得去泥城那種鳥地方。

說到「泥城」……嗯，其實那地方不叫泥城，不過這名字挺適合它的，因爲那是一塊沼澤地。蘿絲奶奶和艾迪爺爺住在南喬治亞州的一塊沼澤地裡。

你相信嗎？

一片沼澤耶！

我望向車窗外。我們在高速公路上開了一整天，現在正穿過沼澤上的一條窄路。天色已接近黃昏，柏樹林在陰濕的草地上拖出長長的影子。

我探頭到窗外，一股潮濕的熱氣撲面而來，我不禁縮回身子，轉身看著埋頭猛K漫畫的克拉克。

克拉克十二歲了，跟我一樣大，不過個子比我矮多了。他有著棕色鬈髮、棕色眼睛，以及一大片雀斑，看起來跟媽媽一模一樣。

這句英文怎麼說

我正看到精采的地方。
I am at the good part.

我和同年紀的人比起來，個頭算是高的；而且我留了一頭長而直的金髮，還有綠色眼眸，很像我老爸。

爸媽在我快滿兩歲時離了婚，克拉克的爸媽也一樣。我家老爸和他家老媽就在我們剛滿三歲不久後結婚，於是四個人一起搬進了新家。

我滿喜歡繼母的，還有克拉克，跟他相處得還算不賴。有時候他會很「機車」，連我朋友都有這種感覺，不過我看我那些朋友的兄弟也好不到哪兒去。

我望著克拉克，盯著他看漫畫。

他的眼鏡從鼻樑上滑了下來。

克拉克把眼鏡推回去。

「克拉克……」我才剛剛開口，他便對我揮手，「噓！我正看到精采的地方。」

克拉克很迷漫畫——恐怖漫畫，不過他膽子小得很，所以每次看完都把自己嚇得半死。

我又朝窗外望去。

看著樹林，樹枝全傾垂成長長的枝網，那些網子好像灰色布簾般的懸盪在每棵樹上，使得沼澤看起來格外陰鬱。

今天早上我們在打包行李時，媽跟我提過那些灰網，她對沼澤的情形瞭若指掌，並覺得沼澤很美——邪氣得迷人。

媽媽說，灰網其實是一種生長在樹上的沼地植物。一種寄生在其他植物上的植物，好詭異哦……眞是有夠奇怪。

幾乎跟爺爺、奶奶一樣怪。

「爸，爺爺、奶奶爲什麼從不來看我們？」我問道，「我們從四歲以後就沒見過他們了耶。」

「他們倆有點奇怪，」老爸從照後鏡瞄著我說，「他們不喜歡旅行，幾乎寸步不離家門。而且他們住在沼澤深處，要去看他們也很費事。」

「噢，哇啊！」我說，「我們要去跟兩個奇怪的隱士一起住耶！」

「邪氣又古怪的老隱士。」克拉克從漫畫書上抬起眼咕噥著。

「你們兩個！」媽媽出聲罵道：「不可以這樣說爺爺、奶奶。」

這句英文怎麼說

他們倆有點奇怪。
They are a little strange.

「他們又不是我的爺爺、奶奶，是葛茜的。」克拉克用頭點向我說：「而且他們身上好難聞，這點我還記得。」

我用力捶了一下克拉克。可是他說的沒錯，爺爺、奶奶身上真的有股怪味，一種混著霉味與樟腦丸的氣味。

我深陷在座位上，大聲打著呵欠。

感覺上我們好像已經開了幾星期的車了，而且後座真的快擠爆了——我、克拉克和查理三個擠成一團。查理是我們家的狗狗——一隻黃色的獵犬。

我推開查理，伸了伸懶腰。

「別把牠推到我身上啦！」克拉克抱怨道，手上的漫畫書掉到了地上。

「坐好，葛茜。」老媽低聲說道，「我就說嘛，我們應該把查理送去寄養的。」

「我是幫牠找過寄放的地方，」老爸接著說，「但結果還是沒人能收留牠。」

克拉克把查理從他大腿上推開，彎身去撿漫畫書，不過卻被我先搶到手。

「我的媽呀！」看到漫畫的標題時，我不禁慘叫一聲。

「《堆肥裡的怪物》？你怎麼會看這種沒營養的垃圾？」

「那才不是垃圾，」克拉克反吼道，「而且很酷呢！比妳看的那種無聊的自然雜誌好看多了。」

「裡頭寫些什麼東西呀？」我翻著書頁問。

「是有關一些超級噁心、半人半獸的怪物。牠們會設陷阱捕捉人類，再躲到泥地表面下。」克拉克一邊解釋，一邊從我手上搶過漫畫。

「然後呢？」我問。

「牠們就一直等啊……等到人類掉到牠們的陷阱裡。」克拉克的聲音開始發抖，「接著就把人類硬拖到沼澤內，逼他們做奴隸！」

克拉克打著哆嗦，望向窗外那片陰森森、飄著灰色長鬚的柏樹林。天黑了，樹影拖在高而長的草地上。

克拉克整個人陷入椅座。他這個人想像力豐富，眞的相信自己念的都是眞的，結果把自己嚇得魂飛魄散——就像現在一樣。

「牠們還做別的事嗎？」我問。我希望克拉克能多告訴我一些，瞧他眞的快把自己嚇死了。

這句英文怎麼說

我在學校有讀到。
I read about them in school.

「嗯，到了晚上，怪物就會從泥地裡跑上來。」他一邊繼續說，身體一邊往座椅裡陷進去。「而且牠們還會從床上把小孩拖走，硬拖進沼澤裡，從此以後就再也沒人看過那些小孩，再也沒有了。」

克拉克現在真的怕到不行了。

「沼澤裡真的有那種怪物喲，我在學校有讀到。」我謊稱道，「很可怕的怪物，一半像人、一半像鱷魚，身上覆滿了泥巴，而且泥下藏著刺刺的鱗片。如果被刮到，就會皮開肉綻、深可見骨。」

「葛茜，別再說了。」媽媽警告道。

克拉克把查理抱近了些。

「喂！克拉克！」我指著窗前一座窄小的舊橋，橋上的木板搖搖欲墜，看來隨時都會垮下來。「我敢打賭，那座橋下面一定躲了一隻沼澤怪獸等著要抓我們。」

克拉克看著窗外的橋，又把查理抱得更近了。

老爸開始把車子開上舊橋，橋板在車子的重壓下嘎吱嘎吱的響著。

我屏住氣息，車子緩緩向前行進。

這座橋無法承受我們的重量，它絕對撐不住的……

老爸開得非常、非常的慢。

這座橋似乎怎麼走也走不完。

克拉克緊緊抱著查理，眼睛直盯著窗外的橋面。

當我們終於接近橋尾時，我吐了一口長長的大氣。

緊接著我又倒抽了一口氣，因爲一聲巨大的爆炸聲撼動了車身。

「天哪！」車身猛然一傾，克拉克和我一齊放聲尖叫。

車子失控打滑，撞上橋的一側，而且直接刺穿了舊橋。

「我……我們在往下掉！」老爸大聲喊道。

我緊閉著雙眼，車身朝著沼澤衝過去了。

這句英文怎麼說

我們摔得很重，發出好大一聲巨響。
We hit hard, with a loud thud.

2.

我們摔得很重，發出好大一聲巨響。

克拉克和查理在後座上彈擠成一團，等車子終於停止滑動時，這一人一狗就端坐在我的頭頂上。

「大家都沒事吧？」媽媽顫抖著聲音問，轉頭看向後方。

「嗯……」我回答，「應該沒事。」

大夥呆坐了一會兒，查理打破沉默，發出微弱的嗚咽聲。

「發……發生什麼事了？」克拉克結結巴巴的問道。

「是爆胎。」老爸嘆了一口氣，「希望備胎還是好的，在這種沼澤深處，晚上根本不可能找到救援。」

我探身到車窗外去檢視輪胎。老爸說的沒錯，輪胎全扁了。

天哪！我們運氣眞不賴，幸好這座橋很低，要不然……

「好了，大家都下車吧！」老媽打斷我的思緒說，「這樣老爸才能換輪胎。」

克拉克向車外望了老半天後，才打開車門下車，我看得出他很害怕。

「最好小心點喲！克拉克。」當他把肥短的腿晃到車外時，我又說：「沼澤的怪獸最喜歡低矮的目標了。」

「眞好笑，哈哈哈，葛茜，眞是太——好——笑——了，提醒我別忘了笑。」

老爸到車廂裡找千斤頂，媽媽也跟了過去。克拉克和我走到沼澤上。

「唉喲，好噁啊！」我腳上全新的鞋子立刻陷入黑稠的泥土裡。

我長長的嘆了一口氣。

怎麼會有人肯住在沼澤裡？

眞弄不懂，這種地方實在太爛了。

沼澤的空氣又濕又腥，窒悶得難以呼吸。我一邊將頭髮纏到後邊，一邊四下望著。

這句英文怎麼說

怎麼會有人肯住在沼澤裡？
How could anyone live in a swamp?

由於天色已經全暗，我不太能看到什麼。

「趁老爸修輪胎時，咱們去四處看看吧！」克拉克和我從車邊晃開，我建議道。

「這樣不太好吧……」克拉克嘀咕著。

「這樣當然好。」我催促道，「反正沒別的事做嘛，總比楞在這裡等好，對吧？」

「也……也許吧。」克拉克支支吾吾的應著。

他向沼澤走了幾步，我的臉開始感到一陣痲癢。

有蚊子！好幾百隻蚊子。

我們兩個東躲西閃，慌張的用手把蚊子從臉上趕開。

「天哪！這地方怎麼那麼恐怖！」克拉克大叫道，「我不玩了，我要去亞特蘭大！」

「奶奶家的蚊蟲沒這麼多啦！」媽媽喊道。

「是唷。」克拉克翻著白眼說，「我要回車上去了。」

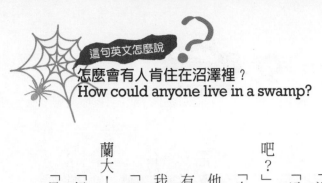

「拜託啦，我們去看看那邊有什麼就好了。」我指著前方一片長長的草地，堅持道。

我越過泥地，回頭望向身後，確定克拉克也跟上來了。

當我們來到草地邊時，聽見草叢深處有沙沙聲。克拉克和我往裡頭窺探，極力想在黑暗中瞧個清楚。

「別跑太遠……」老爸警告道，他和媽正把行李從車廂裡拿出來找手電筒。「外邊說不定有蛇。」

「什麼？蛇？」克拉克一下子彈跳開來，以全速奔回車邊。

「少幼稚了！」我在他身後喊著，「我們去看看嘛。」

「才不要！」他費力的說道，「還有不准說我幼稚。」

「對不起……走啦，我們走到那棵樹就好了，就是比其他樹高的那棵，又不遠，之後我們就回來……」我承諾他說，「拜託、拜託啦。」

克拉克和我開始朝大樹走過去。

我們慢慢走著，穿過一片漆黑，越過一片柏樹林。

這句英文怎麼說

不准說我幼稚。
Don't call me a baby.

那灰色的帳幕在樹枝間飄盪，看起來如此厚實——厚得足以讓人隱匿在後方。

我發現在這種地方十分容易迷路，而且很難再找回原路。

灰色的網帳刷在我身上，讓我忍不住興起一陣寒顫。那感覺很像蜘蛛網——像黏稠的大型蜘蛛網。

「拜託啦，葛茜，我們回去吧。」克拉克哀求道，「這裡好恐怖……」

「再走遠一點點就好了。」我催他向前。

我們小心翼翼地穿過樹林，涉過一片片污黑的水灘。

小蟲子在我耳邊嗡嗡作響，大一點的蟲子則在我脖子上叮咬，我抬手將牠們拍走。

我向前走著，來到一片長滿了草的乾地上。

「哇！」

那片草開始移動，飄過污黑的水澤。

我跳了下來，接著絆到樹根——不，不是樹根。

「喂，克拉克，你來看看這個！」我彎身仔細一看。

「那是什麼東西？」克拉克在我身邊跪下來，看那糾結成一團的東西。

「這叫柏樹膝根。」我解釋道，「媽媽跟我提過，這種東西就長在柏樹附近，從樹根上冒出來的。」

「媽媽怎麼從來沒跟『我』講過這些事？」克拉克問。

「我想她是不想嚇到你吧。」我回答。

「是哦……」克拉克邊嘀咕邊推推他的眼鏡。「現在可以回去了吧？」

「我們都快到了，你看。」我指著大樹說，那樹就矗立在幾呎遠的空地上。

克拉克跟著我來到空地，這裡的空氣聞起來酸酸的。

黑暗中，沼澤的夜之聲回響著，我們聽到低吟聲及尖高的嘯聲，我想是沼地生物發出來的各種聲響，它們就躲在沼澤裡。

我的背脊一陣發涼。走到空地深處，長著高枝的大樹就立在我面前。

克拉克絆到木條，一腳踏中了一灘污水。

「夠了，」他抱怨道，「我要走了。」

這句英文怎麼說

沼澤裡真的很恐怖。
It was scary in the swamp.

即使在黑暗中，我都能看到他一臉驚恐的表情。

沼澤裡眞的很恐怖，可是克拉克那種害怕的模樣，令我忍不住咯咯笑了出來。

接著，我聽見腳步聲。

克拉克也聽見了。

沉重的腳步聲從濕黑的沼澤穿踏而來，越走越近，朝著我們走來。

「走了啦！」克拉克扯著我的手臂大喊，「我們該走了！」

可是我一動也沒動，因爲我動不了……

緊接著我聽見那東西的呼吸聲了，沉沉的喘氣聲越逼越近。

那氣息從掛著灰鬚的樹枝後不斷噴出。

一個高黑的身影，一個巨大的沼澤生物，朝我們身上壓了過來，比沼地的黑泥還要黑——而且還有兩隻發著紅光的眼睛。

3.

「查理，你在那邊做什麼？」老媽大喊著走向空地，「我以爲你們兩個小的在看著牠。」

查理？

我完全把查理給忘了。

查理就是沼澤怪物。

「我一直在到處找你們，」老媽生氣的罵道，「不是叫你們留在車子旁邊嗎？爸爸和我一直四處在找你們。」

「對不起啦，媽。」我道歉，再也說不出別的話來。查理跳到我身上將我撲倒，倒在泥地裡。

這句英文怎麼說

我不是叫你們待在車子附近嗎？
Didn't I tell you to stay near the car?

「走開，查理！走開！」我大喊著，可是牠把兩隻大爪子搭在我肩上，拚命舔著我的臉。

我渾身沾滿泥濘。

全身都是！

「好了，別鬧了。」克拉克拉住查理的項圈，大聲笑道，「我看妳剛剛都快嚇死了，葛茜，妳還以爲查理是沼澤的怪物，差點就尿褲子囉！」

「我……我才沒有。」我拍著牛仔褲上的泥土，氣急敗壞的說：「我只是想嚇嚇你而已。」

「妳就承認自己被嚇到了嘛，」克拉克堅持道，「何必死鴨子嘴硬。」

「我才沒有！」我說話的聲音高了起來，接著提醒道：「是誰在那邊苦苦哀求著要回去的？是你、是你！是你啊！」

「你們兩個在吵什麼？」老爸問道，「還有，你們跑到這裡做什麼？我不是叫你們待在車子附近嗎？」

「噢，對不起，爸爸。」我又道歉，「不過我們覺得杵在那邊等，實在有點無聊。」

「我們！妳是指『我們兩個』？不，那全是葛茜的主意。」克拉克抗議道，「是她說要去沼澤看看的。」

「夠了！」老爸罵道，「所有人都給我回車上去。」

克拉克和我一路吵了回去，他在我旁邊用力走著，把更多泥濘濺到我的牛仔褲上。

爆胎修好了，不過，現在老爸得設法把車子開回路面上。這不是一件容易的事，每次他一踩油門，輪胎就在厚厚的濕泥裡打滑。

最後，大夥全部下來幫忙推車，爸媽身上也都濺滿了泥濘。

當我們駛離現場時，我忍不住看著漆黑詭異的沼澤地。

聆聽沼澤裡的夜聲、尖銳的啾啾聲、低沉的哀吟、拔尖的高叫。

我聽過許多有關沼澤怪物的故事，也讀過一些關於它們的古老傳說。

但那些會是眞的嗎？

我實在不清楚。

沼澤裡眞的有怪物存在嗎？
我根本不曉得自己很快便會找到問題的答案。
而且還是透過教訓學到的。

這句英文怎麼說

爆胎修好了。
The flat was fixed.

4.

「沒錯，沒錯，他們就住在那裡。」

「不可能！」我對老爸說，「他們不可能住在那裡！」

「那就是他們的房子。」車子開到一條窄小的砂路上時，老爸說：「那就是爺爺、奶奶的家。」

「不可能。」克拉克揉揉眼睛說：「那是沼澤裡的海市蜃樓，我在《堆肥裡的怪物》中讀過。沼澤裡的泥巴會使人的眼睛產生錯覺，讓你看見一些東西。」

這下你明白我爲什麼會那麼說克拉克了吧？他眞的相信自己讀到的內容。而且我也覺得他的話聽起來滿像眞的，要不然爺爺、奶奶的房子要怎麼解釋？

那簡直跟城堡一樣，一座沼澤中央的城堡，幾乎隱匿在濃鬱高聳的樹林裡。

這句英文怎麼說

一座沼澤中央的城堡。
A castle in the middle of a swamp.

老爸將車開到前門，我順著車燈望向屋子。

那房子有三層樓，是用深灰色的石頭蓋成的，右邊有座小塔，一縷白煙自左側熏黑的煙囪盤繞而出。

「我以爲沼澤裡的房子會比較小。」我低聲說，「而且是架在屋腳上的。」

「我的漫畫書裡就是這麼畫的。」克拉克同意道，抖著聲音說：「還有那窗子是怎麼回事？是吸血鬼還是什麼來著？」

我望著那些小不隆咚的窗子，全部只看得到三個——整棟大房子只有三扇小得可憐的窗子，每個樓層各一扇。

「走吧，孩子們。」老媽說，「我們去拿你們的行李。」

爸媽和克拉克爬出車外，朝後車廂走去，我則跟查理站在車邊。

夜風吹在皮膚上，感覺又濕又冷。

我抬眼向上望去。看著幾乎完全隱匿在樹林下的巨大黑房子，在這杳無人煙的所在。

接著，我聽到一陣號叫聲，那悲號聲來自沼澤深處。

我全身感到一陣寒顫。

查理緊貼在我的腿上，我彎身拍拍牠。

「那是什麼？」黑暗中，我對著狗狗呢喃道，「什麼樣的動物會發出那種長號？」

「葛茜，葛茜——」老媽在屋子前門揮手招呼，其他人全進屋子裡了。

「噢，我的——」當我踏進昏黑的入口時，奶奶說：「這不會是我們的小葛茜吧。」她用虛弱的雙手環住我，緊緊抱著。

奶奶身上的味道跟我記憶中一模一樣——有股霉味。我瞄了克拉克一下，他翻翻白眼。

我往後退開，勉強擠出一絲笑容。

「站一邊去，蘿絲，」爺爺高聲喊道，「讓我瞧瞧葛茜。」

「他有點耳背。」老爸低聲對我說。

爺爺用他枯皺的手指緊握住我的，他和奶奶看起來好小、好弱啊！

「我們眞的好高興你們來啊！」奶奶開心的表示，一雙藍眼中晶光閃動，「我

這句英文怎麼說

他有點耳背。
He's a little hard-of-hearing.

們很少有訪客的。」

「剛才我們還以爲你們不來了！」爺爺大叫道，「我們等你們好幾個小時了。」

「車胎爆了。」老爸解釋著。

「吃太飽了？」爺爺用手攬著老爸，「快進來坐吧，兒子。」

克拉克咯咯笑出聲來，老媽用手肘頂了他一下。接著爺爺、奶奶領著我們走進客廳。

客廳大極了，我們家的房子大概可以整個塞進來。

四周的牆漆成綠色——褐綠色的。我望著天花板，鐵製的吊燈上插著十二根環成一圈的蠟燭。

一座大型的壁爐幾乎佔掉了其中一面牆，其他牆壁則掛滿年久泛黃的黑白照片。這裡到處都是相片，上面盡是些我不認識的人，我想大概都是些已經過世的親戚吧！

我朝隔壁房間的門裡望去，那是間餐廳，看起來跟客廳一樣大，而且昏暗陰森的程度也不相上下。

克拉克和我在一張搖搖晃晃的沙發上坐了下來，我可以感覺到老舊的彈簧被屁股壓扁。查理在我們腳邊地板上一邊呻吟，一邊伸著懶腰。

我環顧房間，看看那些照片、磨破的地毯、破舊的桌椅，頭上搖曳的燭光照得我們的影子在暗牆上晃動、亂舞。

「這地方好恐怖哦！」克拉克喃喃道，「而且味道有夠難聞，比爺爺、奶奶還要難聞。」

我強壓住笑聲。

不過克拉克說的沒錯，這房間的氣味又濕又酸，實在太奇怪了。

兩位老人家怎麼肯住在這種地方啊？我實在搞不懂他們爲何要住在這種深入沼地、陰暗發霉的房子裡。

「有人想喝點什麼嗎？」爺爺打斷我的思緒說，「要不要來杯好茶呀？」

克拉克和我搖頭表示不要。

爸媽也表示不想喝，他們就坐在我們對面，椅背裡的塡充物都露出來了。

「你們終於到了！」爺爺對我們吼道，「眞是太棒了。好啦，告訴我吧，你

這句英文怎麼說

要不要來杯好茶呀？
How about a nice cup of tea?

們怎麼會遲到的？」

「老爺子，你就別再問了！」奶奶對著他吼完，轉身對我們說：「趕了這麼久的路，你們一定餓了，到廚房來吧，我做了拿手的雞肉派，是特別爲你們做的喲！」

我們跟著爺爺、奶奶進到廚房，廚房看起來跟其他所有房間一樣，又黑又破。不過這裡的氣味不像其他房間那麼濕重，雞肉派的香氣在空氣中四溢飄散。

奶奶從烤箱裡拿出八份雞肉派，每人一份，多的兩份大概是怕我們太餓了吧。

奶奶把一塊派放在我的盤子上，我馬上用叉子將它叉了起來，因爲我實在餓扁了。

當我把叉子放到嘴邊時，查理從地上跳起來四處嗅著。

牠聞著我們的椅子、流理台、地板，又跳到餐桌上到處亂聞。

「查理，別胡鬧！」老爸命令道：「下去！」

查理從桌上跳下來，接著又在我們面前作人立狀，同時嘴一咧，低吼了起來。

那低沉、凶狠的低吼，很快便爆發成一串狂吠，一串憤怒的狂吠。

「查理到底是怎麼了？」奶奶皺皺眉，看著狗狗問。

「我不知道。」爸對她說，「查理以前從來不會這樣的。」

「怎麼了？查理。」我一邊問，一邊將椅子從餐桌邊推開，往牠身邊靠過去。

查理嗅了嗅空氣，吠吼幾聲，接著又嗅了幾下。

我突然感到一陣害怕。

「怎麼回事？狗狗，你聞到什麼了？」

這句英文怎麼說

我突然感到一陣害怕。
A chill of fear washed over me.

5.

我抓住查理的項圈安撫牠，想讓牠冷靜下來，可是查理卻躲開了。

接下來牠吠得更兇了。

我再度伸手拉住項圈，將狗狗拖到我身邊。查理的爪子在地板上刮動。

我越使勁拉項圈，查理就反抗得越厲害，牠拚命左右搖頭，並低吼著。

「乖，好狗狗。」我輕聲安撫著，「乖乖。」

可是仍然沒有用。

最後，克拉克幫我把查理拖進客廳，牠才逐漸安靜下來。

「你覺得查理到底哪裡不對勁？」我們摸著狗狗的頭時，克拉克問我。

「我不曉得。」我垂眼看著查理，這會兒牠已經蜷縮成一團，安靜下來了。

之後牠坐了起來，又蜷縮回去，一次又一次地重複著。

「我不明白，查理以前從來不會這樣，從來都不會。」

克拉克和我決定陪查理在客廳裡等爸媽吃完飯，反正我們已經不餓了。

「你們家的狗還好吧？」爺爺走進來在我們身邊坐下，他用皺巴巴的手指撥著稀疏的灰髮。

「好多了。」克拉克邊推著眼鏡邊說。

「阿達了？」爺爺大聲說，「是哦……我想也是。」

晚飯後，爸媽、爺爺和奶奶一直聊個沒完，幾乎從他們上次見面後發生的事全聊了。而他們上次見面，已經是八年前的事了。

克拉克和我簡直無聊斃了。

「我們能不能……嗯，看電視？」克拉克終於開口問。

「噢，對不起，親愛的。」奶奶一臉歉然的說：「我們沒電視。」

克拉克忿忿的看了我一眼，好像沒電視是我的錯似的。

「你何不打電話給阿諾？」我建議道。阿諾是我們家附近的頭號豬頭，也是克拉克的拜把兄弟。「提醒他幫你拿新的漫畫。」

「好吧。」克拉克咕噥著，「嗯，電話在哪兒？」

「在城裡。」奶奶虛弱的笑了笑，「我們認識的人不多，大部分都已經死了。裝電話太不划算了，雜貨店的多納先生會幫我們留言。」

「不過我們已經一星期沒見到多納了。」爺爺補充道，「我們的車壞了，應該快修好了，大概就這幾天吧。」

沒有電視、沒有電話、沒有車子，又位在沼澤深處。

這回換我忿忿地看著老爸和媽媽了。

我把臉色裝到最難看，相信爸媽這下子一定會帶我們一起去亞特蘭大了，一定沒問題的。

老爸瞄了老媽一眼，張口想說話，接著又轉向我們，聳聳肩表示歉意。

「差不多該睡覺囉！」爺爺看著錶對爸媽說：「你們兩個明天得早點起床呢！」

這句英文怎麼說

我們沒電視。

We don't have a television.

「明天你們兩個有得玩了。」奶奶向克拉克和我保證道。

「是啊！」爺爺同意道，「這間大房子可有得探索了，你們會玩得很過癮的。」

「而且我要做我最拿手的大黃派！」奶奶大聲說，「你們兩個可以幫我，你們一定會喜歡的，大黃派吃起來甜極了，咬一口，牙齒都會甜得掉下來！」

我聽見克拉克的吞嚥聲。

我則哀叫一聲，而且還很大聲。

爸媽不理我們，逕自道了晚安、說再見。他們一大早就要走了，也許我們還沒醒來就會離開。

我們隨著奶奶走上嘎吱作響的暗梯，穿過一道迂迴的長廊，來到我們二樓的房間。

克拉克的房間就在我隔壁，我沒機會看他房間長啥樣子。克拉克進房後，奶奶很快的把我也趕到自己的房裡。

我的房間，我那沉鬱的房間。

我把行李放在床邊，環顧四周。這房間大得跟體育館一樣，而且連扇窗子都

這句英文怎麼說

克拉克的房間就在我隔壁。
Clark's room was right next to mine.

沒有！

房中唯一的光源，是床邊一小盞燈中、昏黃微弱的燈泡。

地板上覆著一張手製地毯，有些地方都磨薄了，顏色也因爲年代久遠而變得十分黯淡。

床對面靠牆上，是個彎曲變形的梳妝台；梳妝台斜靠在一邊，抽屜都開了。

一張床、一盞燈、一個梳妝台。

偌大無窗的房間裡，就只有這麼三件家具。就連牆上都光禿禿的，連一幅用來遮蓋灰漆的圖片都沒有。

我坐到床上，靠在床頭的鐵欄杆上。接著，我用手指撫著被毯上刺人的毛料，這被毯竟然還泛著樟腦丸的味道。

「我才不要蓋這條毯子，絕對不蓋。」我大聲說。可是我知道我還是會蓋的，因爲房裡又濕又冷，我都已經開始發抖了。

我很快的換上睡衣，把氣味濃重的舊毯子蓋在身上。之後又翻來覆去，想在凹凸不平的床墊上讓自己睡得舒服一點。

我望著天花板，豎起耳朵聆聽，聽這棟陰森老宅子裡的夜聲。

老舊的牆外傳來陣陣奇異的嘈雜聲，接著我又聽到一串號叫聲。

牆的另一頭傳來可怕獸隻的長號，來自沼澤的淒厲號叫。

我坐了起來。

那聲音是不是來自克拉克的房間？

這句英文怎麼說

我需要找點能提振精神的東西。
I need something to cheer me up.

6.

我豎尖了耳朵，不敢妄動。

又一聲高長的淒號從外邊傳來，並不是來自克拉克的房裡。

「別再胡思亂想了！」我罵自己，「愛幻想的人是克拉克，不是我啊！」

但我還是忍不住去聽那來自沼澤的恐怖叫聲。

是動物的聲音？還是沼澤的怪獸發出來的？

我用枕頭壓在臉上，費了好幾個小時才昏昏沉沉的睡著。

當我醒來時，根本分不清是早上還是半夜，因爲沒有窗子是不可能知道的。

我看看錶——早上八點半。

我從行李箱裡翻出新的粉紅色T恤，我需要找點能提振精神的東西，而粉紅

色是我最喜愛的顏色。接著穿上牛仔褲，套上沾滿泥的布鞋。

快速換好了衣服，這房間使我想到牢房，令人很想逃開。

我拉開臥室的門，往走廊窺探。

沒有人。

可是就在我房門對面，我看見一扇小小的窗戶，昨晚我並沒有留意到這扇窗子。

一道明亮的陽光自灰撲撲的窗玻璃穿射進來，我向外望去——看到了沼澤。

一片濃霧飄在紅紅的柏樹林上，在濕地上映照出輕柔的紅光；泛著紅光的霧氣，使沼澤看起來格外的神祕夢幻。

有個紫色的東西在近處的樹枝上拍動，那是隻紫色的鳥，一隻有著豔橘色鳥嘴的紫鳥。我以前從沒見過這種鳥。

接著我又聽到聲音，聽到那可怕、尖高的呼嘯聲了。

那聲音發自藏匿在沼澤深處的獸隻，也許是我見都沒見過的生物。沼澤裡的生物。

這句英文怎麼說

我衝過房間，接著放聲大叫。
I burst through the door and let out a cry.

沼澤中的怪獸。

我發著抖離開窗邊，朝克拉克的房門走去。

「克拉克！」我敲門喊道。

沒人回話。

「克拉克？」

還是一片死寂。

我衝過房間，接著放聲大叫。

克拉克的床單亂成一團，彷彿剛剛掙扎過一般。

房裡完全看不到他的蹤影，只剩下一部分睡衣攤皺在床上！

7.

「不——！」

我張嘴尖聲大喊。

「葛茜——妳怎麼了？」

克拉克從衣櫥裡走出來。

他穿了件T恤，頭戴球帽，腳穿球鞋，下頭還穿著睡褲。

「呃……沒、沒事。」我結結巴巴的說，心臟還在狂跳著。

「那妳幹嘛尖叫？」克拉克又問，「還有幹嘛一臉怪模怪樣的？」

「我怪模怪樣？你才怪模怪樣呢！」我指著他的睡褲罵道，「你的褲子呢？」

「不知道。」他搖搖頭說，「一定是媽不小心把我的褲子放到妳的行李箱裡

這句英文怎麼說

克拉克從衣櫥裡走出來。

Clark stepped out from the closet.

了。」

我不能再拿這棟老舊的大房子來嚇自己了，好幻想的人是克拉克，不是我。我再一次提醒自己。

「走，」我告訴老弟：「回我房間去找你的牛仔褲吧。」

下樓吃早餐時，克拉克停下腳步，從走廊的窗子窺探。霧氣消散了，沾滿露珠的草木在陽光下閃閃發亮。

「看起來相當漂亮吧？」我低聲說。

「是啊，」克拉克回答，「相當、相當的恐怖。」

廚房看起來也是相當、相當的恐怖，黑漆漆的，早上看來幾乎跟夜晚沒有差別。不過廚房的後門打開了，有少許陽光灑在地板和牆上。

透過敞開的門，我們聽見沼澤傳來的聲音，不過我盡量不去理會。

奶奶站在烤爐邊，手裡拿著一把抹刀，另一手拿著一大盤藍莓餅。她把抹刀跟盤子放下來，在褪色的花圍裙上拭乾手，再過來跟我們兩個擁抱、道早安，這一抱，克拉克也沾得滿頭滿臉都是餅糊了。

我指著克拉克襯衫上的餅糊大笑，接著我眼神一瞄，發現自己身上全新的粉紅色T恤上也是斑斑點點的藍莓糊。

我在廚房裡四下找尋能清理衣服的東西，但這裡實在不是普通的亂——一坨坨的麵糊從烤爐上淌下來，流理台上滴著麵糊，而且還黏在地板上。

接著我仔細打量奶奶，她看起來也是亂七八糟的——臉上盡是藍藍白白的條紋，皺紋中還夾著麵粉和藍莓，鼻子和下巴上也是一道道的麵粉。

「你們有沒有睡飽？」奶奶微笑著問，一雙藍眼閃閃發光。

她用手背把垂掛在眼睛前面的一小撮頭髮撥到後頭，結果藍莓糊也沾到頭髮上了。

「我睡得很好呢！」爺爺回答，聲音像沼澤裡的尖嘯聲。「我一向睡得很好，這裡實在是很安靜。」

我笑了出來。心想，也許爺爺耳背反而是他的福氣。

爺爺朝門邊走去，克拉克和我把身上弄乾淨後，在桌邊坐定。

餐桌中央擺了另一盤藍莓餅，這一盤甚至比奶奶剛才拿的那盤還大，上面的

這句英文怎麼說

也許爺爺耳背反而是他的福氣。

Maybe Grandpa is lucky that he's hard-of-hearing.

藍莓餅堆得跟山一樣高。

「奶奶一定以為我們跟豬一樣能吃，」克拉克低聲對我說，「這些份量夠餵五十個人了。」

「就是嘛……」我呻吟道，「而且我們得把這些都吃完，否則奶奶會很受傷的。」

「我們得吃完嗎？」克拉克重重的嚥著口水說。

我就是喜歡克拉克這點，不管我跟他說什麼，他幾乎照單全收。

「自己拿吧！」奶奶揚聲說，一邊又端了兩盤薄餅到桌上，「別害羞呀！」

奶奶為什麼要做這麼多薄餅？我們不可能全吃完的，絕不可能。

我在盤子裡放了幾片餅，奶奶在克拉克的盤裡堆了不下十塊餅，克拉克看得臉都綠了。

奶奶陪我們一起坐下來，不過她的盤子還是空的，連一片餅都沒吃。那麼多餅，而她竟然連一片都沒吃……

我不明白，我真的搞不懂。

「你在讀什麼，親愛的？」她指著克拉克捲塞在牛仔褲後邊口袋的漫畫問。

「堆肥裡的怪物。」克拉克邊吃邊回答。

「噢，有意思。」奶奶說，「我很喜歡看書，艾迪爺爺也是，我們無時無刻不在念書。我們喜歡看神祕故事，你爺爺總是說：『沒有什麼比神祕故事更棒的了』。」

我猛然從餐桌上跳起來，突然想到要送爺爺和奶奶的禮物還放在我的行李中。我們送的是書！神祕故事書！老爸跟我們說過，爺爺、奶奶最喜歡這類書籍了。

「我馬上回來！」說完，我衝上樓去。

我沿著漫長迂迴的長廊回房間，卻被一陣腳步聲止住步伐。

是誰呀？

我看著深黑的走廊，瞥見一道貼牆而行的身影，忍不住倒抽一口氣。

還有別的人在樓上，而那人正朝我走過來……

這句英文怎麼說

我的背部緊貼著牆。
I pressed my back against the wall.

8.

我的背部緊貼著牆，屏氣聆聽著。

那影子溜出了視線之外，腳步聲也變輕了。

但我還是不敢呼吸，慢慢的往黑漆漆的長廊移動，探向角落，接著看到那東西。我看到那個影子，然而在微光下，卻幾乎看不出形貌。

那影子沿著墨綠色的牆壁緩緩移動，漸漸消失在遠處。

我很快的悄聲溜過走廊，追著影子越過走廊。

那是誰的身影？還有誰在樓上？

我靠得更近了，牆上的影子再次放大了。

我追著神祕的影子，心跳也跟著加快。

那影子又繞過角落，我盡可能安靜的趕到角落邊，停下腳步。

不管那是誰，此時他就在那裡，站在拐角處。

我深吸了一口氣，往角落偷偷望過去。

接著我看到了艾迪爺爺。

艾迪爺爺——他端著一個堆滿了藍莓餅的大盤子。

爺爺是怎麼上樓的？

我實在搞不懂，我剛剛還以為他出去外頭了。

我想，爺爺一定是從另一扇門進來的，一定是這樣沒錯。這房子那麼大，說不定有很多我不知道的門、走廊和樓梯什麼的。

不過，他拿著那麼大一盤藍莓餅在樓上幹嘛？他要把餅拿到哪兒去？

好神祕哦！

艾迪爺爺小心翼翼的端著大銀盤，朝走廊走去。

我非跟過去，看看他要去哪兒不可。

於是我躡手躡腳的沿著長廊而行，而且不必太擔心自己會弄出聲音，反正爺

這句英文怎麼說

好神祕哦！
What a mystery!

爺的耳朵不太靈光。

我就跟在他身後幾碼的地方。

可是當我聽到聲音時，整個人呆愣在原地。

有人在我身後用力吸著氣，而且是很大聲的吸著氣。

噢，天啊！是查理！

查理跳到走廊上，朝我的方向跑來。牠用力的嗅呀嗅，接著看到我了——查理停下腳步。

「乖狗狗，」我低聲說，想要把牠趕走。「回去，回去。」

可是查理卻跑了起來，而且還一邊大聲狂吠。

我抓住牠的項圈，牠卻拚命閃躲，想衝到爺爺那邊。

我緊緊握住項圈，牠又吠叫得更兇了。

「蘿絲嗎？」艾迪爺爺喊道，「是妳嗎？蘿絲。」

「過來，查理。」我低聲說，「我們離開這裡吧。」

我死命把查理拖過轉角——趁爺爺還沒發現我在跟蹤他之前快溜，拖著狗狗躲進自己的房間。

我在破地毯上坐了幾秒鐘，喘口大氣，再迅速到行李箱中翻出要送爺爺、奶奶的神祕書籍。

爺爺拿著那些薄餅要去哪兒？

我一邊拿著禮物衝下樓，一邊想著。

他爲什麼要那樣靜悄悄的走著？

我一定得解開這個謎團。

但如果知道接下來會發生什麼事，我就不會多管閒事了……

這句英文怎麼說

他為什麼要那樣靜悄悄的走著？
Why was he creeping along so silently?

9.

「我去洗碗，你們兩個出去玩好嗎？」吃完早餐後，奶奶建議道。「之後你們可以幫我做甜得跟糖一樣的大黃派！」

「玩？」克拉克咕噥著，「她還以為我們只有兩歲大呀？」

「我們出去吧，克拉克。」我把他拉出後門。在沼澤裡亂晃對我而言，實在也沒什麼樂趣，不過再怎麼樣，都強過呆坐在那間可怕的老房子裡。

我們來到明朗的陽光下，我忍不住驚喘一聲。那濕重溽熱的空氣似乎重重壓在我的皮膚上，我努力做著深吸呼，以擺脫那種窒息的感覺。

「我們要幹什麼？」克拉克嘀咕道，他也在做深呼吸。

我四下望了望，看到一條小路。那條路從屋後繞到沼澤裡。

「我們四處去看看吧。」我建議著。

「我才不要穿過沼澤，」克拉克說，「休想。」

「你在怕什麼？漫畫裡的怪物？還是堆肥裡的怪物啊？」我故意用話激他，說完還放聲大笑。

「妳這個爛人……」克拉克氣憤的咕噥著。

我們走了幾步，陽光篩過樹梢，在小路上映出斑駁的影子。

「是蛇啦……」克拉克坦承道，「我怕有蛇。」

「安啦，」我告訴他，「我會睜大眼睛看有沒有蛇的，你只要負責看有沒有鱷魚就好了。」

「鱷魚？」克拉克的眼睛睜得斗大。

「當然囉。」我接著說：「沼澤裡到處都是吃人的鱷魚。」

突然間，一個聲音打斷了我。

「葛茜、克拉克，你們兩個別跑太遠。」

我轉身看到了爺爺，他就站在我們身後幾碼的地方。

這句英文怎麼說

沼澤裡到處都是吃人的鱷魚。
Swamps are filled with man-eating alligators.

他手裡拿的是什麼？

一支大鋸子——尖銳的鋸齒在陽光下發著銀光。

爺爺朝一間還沒完工的小棚子走過去，棚子就在小路旁幾呎處，位於兩棵高大的柏樹之間。

「好！」我對爺爺喊道，「我們不會走遠的。」

「要不要幫我蓋這間小棚子呀？」爺爺揮著鋸子大聲說，「蓋東西可以建立人的信心哦！」

「嗯，以後再說吧。」我回道。

「要不要幫忙？」爺爺又問。

「等一下吧！」克拉克用手圈著嘴巴大喊後，便朝小路轉過身。

接著他就絆倒了。

克拉克絆倒在一塊從泥草地上悄聲而快速揚起的黑色物體上。

10.

「鱷魚！鱷魚！」克拉克尖聲大叫。

爺爺誇張的揮著手裡的鋸子，說：「等一下？你說等一下？好！」

「救我！救救我呀！我被鱷魚咬到了！」克拉克哀號著。

我低頭一看，望向草地上那塊黑黑的東西，接著大笑起來。

「是柏樹膝根啦！」我一臉鎮定的說。

克拉克轉過頭，嘴巴仍因驚懼而大開著。他盯著草地上那團東西。

「是草地上冒出來的柏樹根，」我解釋道，「又叫柏樹膝根，我昨天指給你看過了，還記得嗎？」

「記得！」克拉克謊稱道，「我只是想嚇嚇妳罷了。」

這句英文怎麼說

我只是想嚇嚇你罷了。
I just wanted to scare you.

我轉而講起笑話來，不過一看到克拉克站起來時，渾身都在發抖，心裡也爲他感到有點難過。

「我們回屋裡去吧，」我建議著，「奶奶也許在等我們幫她做派呢！」

回家的路上，我告訴克拉克在樓上看見爺爺的事，以及他拿的那一大盤薄餅，不過克拉克並不覺得有任何怪異之處。

「也許爺爺喜歡在床上吃東西。」克拉克說，「爸媽不總是在床上吃早餐嗎！」

「是啊……也許吧。」雖然嘴上這麼說，但我心中並未眞正信服，一點也不相信克拉克的說法。

「你們兩個好像玩得很開心哪！」我們進門時，奶奶愉快的說。

「可以烤派了嗎？東西全準備好了。」奶奶笑著問，並指著流理台上一字排開的材料。

「誰要派皮？」奶奶直直望著我問，「我來切大黃。」

「我來吧！」我回道。

克拉克嘆了口氣。

「呃，我看……我去客廳看我的漫畫。」他告訴奶奶，想藉機溜開，「媽說我只會礙手礙腳。」

「胡說！」奶奶回道，「你來量糖的份量，要很多、很多糖喲！」

我把派皮擀開，感覺上這派皮很多，可是，我懂什麼咧？老媽在烤糕餅時，我從來沒在旁邊幫過忙，她也說我會礙事。

等派皮都擀平後，奶奶接手說：「好啦，孩子們，你們坐到桌邊喝杯牛奶吧，剩下的我來做。」

克拉克和我根本不渴，不過我們不想跟奶奶爭，便乖乖喝著牛奶，看奶奶把派做完。

不是一塊派喲！而是三大塊。

「奶奶，妳爲什麼做三塊派？」我問。

「我一向喜歡多做一點。」奶奶解釋，「以免突然有人造訪。」

有人造訪？誰會來呀？

這句英文怎麼說

我一向喜歡多做一點。
I always like to have a little extra.

我看著奶奶。

她是不是頭殼壞掉了？怎麼會以爲有人要來拜訪？她住的地方可是前不著村、後不著店的荒地哪！

這裡究竟是怎麼一回事？我眞是不明白。

奶奶眞的在等訪客嗎？

她爲什麼要多做那麼多食物？

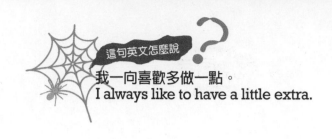

11.

「工作容易口渴！」

爺爺砰的一聲打開門大聲說，接著直奔冰箱。

「你看！我沒說錯吧！」他指指我們喝完的空牛奶瓶，「你們兩個現在可以幫我蓋小棚子了嗎？」

「艾迪，孩子們又不是來這裡工作的！」奶奶罵他，「你們兩個到房裡四處玩一玩、看一看，這屋裡房間多得是，你們一定可以找到好玩的寶藏。」

「太棒了！」一朵微笑在爺爺臉上綻放開來，不過很快又消失了。「不過我得警告你們一點，三樓走廊底有一間鎖住的房間，注意了，孩子們，千萬別接近那間房間。」

這句英文怎麼說

我想我們不該進去。
I don't think we should go in there.

「爲什麼？房裡有什麼嗎？」克拉克問。

爺爺、奶奶擔心的互看一眼，奶奶的臉都脹紅了。

「那是儲藏室，」爺爺回答，「我們把一些東西擺在那裡，都是些舊東西、易碎品，很容易弄碎的物品，所以別進那個房間。」

克拉克和我離開了。這正合我們的心意，蘿絲奶奶和艾迪爺爺人雖然很好，卻很奇怪。

廚房、客廳和飯廳，幾乎佔掉了整個一樓，而這些房間我們都已經看過了。一樓還有一間圖書室，可是裡頭的書又舊又髒，上面的灰塵弄得我直打噴嚏。這裡實在沒什麼好逛的，因此克拉克和我便上到二樓。

我們經過自己的臥室，越過窄小的走廊窗戶，循著曲折陰暗的走廊，一直走到下一個房間——那是爺爺、奶奶的臥房。

「我想我們不該進去，」我對克拉克說，「爺爺、奶奶不會希望我們去翻他們的東西。」

「走啦！」克拉克催促著，「難道妳不想去看看嗎？找找看房裡有沒有餅

屑。」他大聲笑道。

我用力推了他一把。

「喂！」他咕噥著，眼鏡往鼻樑滑下，「我只是在開玩笑而已。」

我走離他的身邊，逕自打開下個房間的門。那門是用厚重的黑木做成，推開時還嘎吱作響。

我在黑暗中摸索著開關，接著看見天花板上懸著一只骯髒而孤零零的燈泡，房間在孤燈的照耀下，透著奇異的昏黃。

在晦暗的昏黃燈光中，我看出房裡有紙箱，一整個房間都是紙箱，成堆成堆的疊著。

「嘿！也許這些箱子裡有些什麼好玩的。」克拉克說著繞過我走到前頭。

「不管裡頭裝什麼，一定滿大的。」他嘗試著弄開一只箱子，指著鼓脹的箱子說。

我從克拉克的肩頭望去，這房間聞起來又霉又酸，我捏著鼻子，在模糊的燈光下斜眼瞄著，等克拉克打開箱子。

這句英文怎麼說

我真的快受不了我的老弟了。
My brother was starting to get on my nerves.

克拉克使勁去翻紙箱的蓋子，最後終於打開了。

「簡直難以置信！」他大叫道。

「怎麼了？」我伸著脖子問，「是什麼？」

「是報紙，舊報紙。」克拉克回答。

我們拿開上層的報紙，結果下面還是報紙——又舊又黃的報紙。

之後我們連著打開五個箱子，還是報紙、報紙、報紙。

所有紙箱裡全塞滿了報紙，整個房裡堆疊的，都是裝著報紙的箱子，日期可遠溯至老爸出生之前，這裡竟然有五十幾年份的報紙。

怎麼會有人保存這些東西？真是傷腦筋。

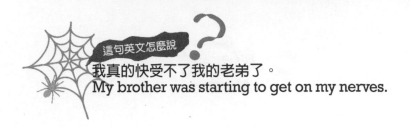

「哇！」克拉克靠在房間對面的一個箱子上叫道：「妳一定不會相信這個箱子裡有什麼！」

「什麼？裡面有什麼？」

「雜誌。」克拉克咧嘴笑說。

我真的快受不了我的老弟了，不過我還是走過去。何況我喜歡雜誌，新的舊的都愛。

我把手深深插入紙箱裡，捧出一大落雜誌，卻突然覺得雜誌下面有個東西弄得我手心發癢。

我低頭一看，不禁尖聲高叫。

這句英文怎麼說？

數以百計的蟑螂從我手指上爬過去。
Hundreds of cockroaches skittered through my fingers.

12.

數以百計的蟑螂從我手指上爬過去，我猛然將雜誌往地上一扔，用力甩著手，想把那些可怕的咖啡色蟲蟲甩開。

「快來幫我呀！」我不停求救道，「把牠們趕開啦！」

我感覺到蟑螂毛毛刺刺的腳在手臂上爬動。

我拚命將牠們拍掉，可是有好幾十隻呀！

克拉克從地上抓起一本雜誌，努力的將蟑螂拍開，可是當他在拍我的手臂時，書頁裡竟然掉出更多的蟑螂。

牠們掉到我的T恤、脖子，甚至臉上！

「哎喲！我的媽呀！」我尖叫道，「救我！救救我呀！」

有隻蟑螂從我的下巴爬過去。

我把牠拍掉，接著又從臉頰上打落一隻。

我狂亂的從克拉克後邊口袋抓下他的漫畫，出手猛擊到處亂爬的蟑螂，邊掃邊拍，拍了又掃。

「葛茜，住手！」我聽見克拉克氣急敗壞的說，「住手！蟑螂全跑了，住手啊！」

我喘著氣，垂眼一看。

克拉克說的沒錯，蟑螂全跑光了。

可是我的身體還在發癢，也不知道是不是會一輩子癢下去。

我走到走廊，一屁股坐在地上，等到心臟不再狂跳，才有辦法開口說話。

「太噁了……」我終於呻吟道，「實在是太噁了！」

「告訴我，」克拉克嘆口氣說，「妳非得用我的漫畫打蟑螂嗎？」他拎著漫畫一角，不太確定該不該把漫畫塞回褲袋裡。

我還是覺得蟑螂的毛毛腳在全身皮膚上爬行。我打著寒顫，又把自己全身上

這句英文怎麼說

我們去看看下個房間有什麼。
Let's see what's in the next room.

下拂拭一次。

「好了。」我站起來望著陰森森的走廊，「我們去看看下個房間有什麼。」

「眞的還假的？」克拉克問，「妳眞的想去啊？」

「爲什麼不去？」我告訴他：「我才不怕小蟲呢！你咧？」

克拉克痛恨蟲子，我知道他很討厭蟲，大的小的都不愛，不過他死不肯承認就對了，於是便帶頭往下一個房間走。

我們推開沉重的門，往裡面窺探——

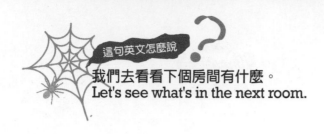

13.

「哇！看看這些破爛東西！」克拉克站在房屋正中央打轉，把一切看入眼裡。

這房間堆滿了玩具與遊戲，很舊很舊、堆積如山的玩具與遊戲。

其中一個角落擺著一台鏽了的三輪車，碩大的前輪早已經不見了。

「這以前一定是老爸的。」我實在很難想像老爸小時候騎著這輛三輪車的模樣。

我按了按喇叭，竟然還會響。

克拉克從一只十分破爛的木箱裡，拉出一套佈滿塵埃的棋子。當我翻找其他舊物時，他就在一旁擺棋盤。

我找到一個頭部嚴重變形的泰迪熊，還有一個只有單隻輪鞋的箱子、一個一

這句英文怎麼說

哇！看看這些破爛東西！
Wow! Look at all this junk!

邊手臂被扯壞了的布猴子。

我在一袋袋裝著小玩具兵的袋子裡東翻西找，他們的制服都褪色了，五官也都磨得面目不清。

接著，我瞄到一個古董玩具箱，上面漆著一組金色的旋轉木馬，色澤因年代久遠都褪盡了。

我掀開覆著灰塵的蓋子，只見一個瓷娃娃面朝下的擺在箱子裡。

我輕輕拿起娃娃，把她的臉轉向自己。

娃娃秀氣的臉頰上有著細細的裂紋，鼻子上一小塊瓷片已經剝落了。

當我看著娃娃的眼部時，不禁輕叫一聲。

這娃娃沒有……沒有眼睛……

她小小的額頭下，只挖出兩個黑黑的洞，兩個黑漆漆的窟窿。

「『這些』就是奶奶所謂的寶藏嗎？」我埋怨道，「全都是垃圾嘛！」

我把娃娃丟回箱子裡，接著聽到嘎吱一聲。

那聲音來自房間另一頭，就在房門隔壁。

我轉身看到一座木馬，正來來回回、前後搖晃著。

「克拉克，你推了那木馬嗎？」我問。

「沒有啊……」克拉克盯著來回搖動的木馬，輕聲答道。

木馬繼續前晃後晃，嘎吱作響。

「我們離開這裡吧，我覺得這房間好毛哦！」我說道。

「我也這麼覺得。」克拉克說，「有人把皇后棋的頭弄掉了，她的頭是被一口咬掉的。」

克拉克躍過幾只箱子，跳到走廊裡。

我在關燈之前，又看了房間最後一眼。

眞的有夠邪氣！

「克拉克？」

他跑哪兒去了？

我梭尋著長廊，卻看不到他的蹤影。可是他剛剛明明還在，就站在門口呀！

「克拉克，你在哪裡？」

這句英文怎麼說

你推了那木馬嗎？
Did you push that horse?

我來到走廊上，循著曲折的走廊前行。

這時我的胃開始糾在一起，心跳也跟著加速。

「克拉克，別開玩笑了。」

還是沒人回答。

「克拉克，你在哪裡啊？」

14.

「哇！」

我扯開喉嚨，拚命尖叫。

克拉克從我身後跑出來，他笑到腰都彎了。

「嚇到妳了吧！」他叫著說，「眞的把妳嚇死了！」

「那一點都不好笑，克拉克。」我罵道，「無聊死了，我才沒被嚇到！」

他翻翻白眼說：「妳就承認一下會死啊！葛茜，承認嘛……一次就好了，承認妳眞的嚇死了嘛！」

「才怪！」我堅持道，「我只是吃了一驚而已。」

我把雙手塞到牛仔褲口袋裡，以免克拉克瞧見我的手在發抖。

這句英文怎麼說

我把雙手塞到牛仔褲口袋裡。
I stuffed my hands in my jeans pockets.

「你實在太混蛋了！」我又罵他。

「爺爺叫我們好好玩，剛才真的很好玩耶！」他故意嘲弄我，「現在咱們上哪兒去？」

「我們哪兒也不去。」我氣憤的對他說，「我要回房裡看書。」

「嘿！這主意不錯！」克拉克大叫，「我們來玩躲貓貓！」

「玩？你剛才是說『玩』嗎？」我嘲諷的問道，「你不是說只有兩歲的小鬼才會玩嗎？」

「這不一樣。」克拉克解釋，「在這種房子裡玩躲貓貓，絕不是給小鬼頭玩的。」

「克拉克，我不要——」

他沒讓我把話說完，便大喊一聲：「不要當鬼！」接著一溜煙跑到走廊去躲起來了。

「我才不要當鬼呢！」我嘀咕著，「我不要玩躲貓貓。」

好吧！那就速戰速決，趕快找到克拉克，我就可以回房間看書了。

我開始五五一數。

「五、十、十五、二十……」我高聲喊著數到一百後，朝漆黑的走廊走去。

來到走廊盡頭時，走廊打了個彎，出現一道通往三樓的老舊曲梯。

我往塵埃滿佈的木頭階梯上爬，樓梯繞了又繞，我抬眼看著前方，卻看不見它通往何處。

我甚至連自己的腳都看不到，這裡簡直黑到伸手不見五指。

我每走一步，樓梯就嘎嘎亂響，扶把上蒙著厚厚一層灰垢，不過我還是握著扶梯，一路摸黑，攀上黑暗曲折的樓梯。

我重重喘著氣，越爬越高。空氣中的塵埃卡在我的喉嚨裡，聞起來酸腐極了。

最後我終於來到樓梯頂端看到三樓的走廊了。這走廊看起來跟二樓一樣七拐八扭。

四周牆壁也是一樣的深綠色，同樣只有一扇窗口，透進少許微弱的光線。

我沿著走廊緩緩而行，接著打開找到的第一扇門。

那是一間超大型房間，幾乎跟樓下客廳一樣大，可是裡頭卻空無一物。

這句英文怎麼說

我開始五五一數。
I started to count by fives.

第二個房間也一樣大，同樣什麼東西都沒有。

我小心翼翼的朝黑壓壓的走廊前進。

這上頭真的不是普通的熱，成串的汗珠沿著我的臉頰滴下來，我只得拿衣袖去擦。

接下來我進到一個小房間，嗯……也不能算小啦！不過卻是我目前爲止看到最小的一間。房間牆邊還擺了一架舊鋼琴。

如果這裡不是髒成這樣，我想我應該還會回來這房間，看看那架舊琴能不能彈。

不過，現在我只想找到克拉克的藏身處，並離開這裡。

我又稍微走遠一些，繞過一個角落。

就在下一秒鐘，我失聲叫了出來，因爲我整個人在往下掉。

這裡沒有地板！

我的腳下竟然沒有地板！

我伸手在空中亂抓，掙扎著想抓住什麼東西。

接著我用力攀到了一樣東西——那是一道舊扶把。

我死命抓著不放。

雙手緊緊握住扶把，將自己甩回到堅固的走廊地面上。

這一刻，我心跳如擂鼓，朝剛剛墜落的黑洞望下去——那邊原本有道舊樓梯，現在卻因年久失修而腐朽了。

我重重的嘆了一口長氣。

「死克拉克，待會兒再找你算帳。」我大喊著，「跟你講我不想玩的嘛！」

我衝過走廊，迅速往四處尋找著克拉克，想早早結束這無聊的鬼遊戲。

接著我停下腳步，凝神注視著走廊盡頭的那道門。

門上掛了個亮晃晃的金屬鎖。

我慢慢朝門口移動，只見鎖孔上插了一把光澤盡失的銀鑰匙。

那裡頭有什麼？門為什麼要上鎖？

我繼續走近一些。

爺爺和奶奶為什麼不讓我們進這房間？

這句英文怎麼說

他們為什麼不准我們打開這扇門？
What don't they want us to open that door?

他們說這是間儲藏室。

老實說，這棟怪屋子裡每個房間都是儲藏室。

他們爲什麼不准我們打開這扇門？

我站在門口，接著伸出手，將手指繞到銀鑰匙上。

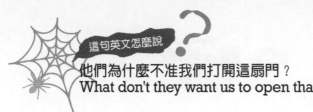

15.

不行！

我從門把上收回手。

我得去找克拉克，實在不想玩這種無聊的遊戲了，我不想再當鬼了。

接著我想到一個好主意。

換我去躲起來！騙克拉克當鬼！

如果我去躲起來，這樣克拉克會等我等到無聊，他就得反過頭來找我了！

太完美了！那麼……我該躲在哪裡呢？

我搜尋了三樓的其他房間，想找個超讚的躲藏地點，可是這邊的房間全都空空蕩蕩的，根本無處可躲。

這句英文怎麼說

我該躲在哪裡呢？
Where shall I hide?

沒有地方可以鑽進去藏起來。

我回到擺鋼琴的小房間，心想也許可以設法躲到鋼琴後面。

我想把鋼琴從牆邊推開，騰出一塊可以容身的地方，可是琴太重了，壓根兒就推不動。

於是我又回到插著銀鑰匙的門邊，也就是上鎖的那間房。

我上下張望著陰暗的走廊。

我每個地方都找過了嗎？有沒有錯過哪一個房間呢？

就在這時，我看到了——

一扇小小的門，一扇在牆上的小門。

一扇之前被我所遺漏的門。

那門通向送飯菜的小升降機。

我在電影裡看過這種小升降機，通常只在老舊的大宅裡才有。這種小升降機能將食物從某層樓送到另一層樓去，挺酷的。

一部升降機耶！躲在這種地方再棒不過了！

我轉身朝升降機走過去，就在這時，我聽見一個聲響，就像盤子跌落的聲音。

那聲音從插著銀鑰匙的房間裡傳來。

我把耳朵貼到門上，聽見裡頭有腳步聲。

原來克拉克就是躲在這裡！這狡滑的傢伙竟然躲在我絕不會去找的房間……

他躲在爺爺奶奶叫我們不准去碰的房間裡。

好吧，克拉克，算你倒楣，本姑娘還是找到你了！

我握住鑰匙輕輕轉動，鎖匙喀的一聲開了，我一把將門推開——

卻看到了一隻可怕的怪獸……

16.

這句英文怎麼說

至少有十呎高。
At least ten feet tall.

我幾乎跌進房裡，頓時無法動彈，也無法後退，更無法將視線從怪物身上移開。

那是一隻活生生、喘著粗氣的怪物，至少有十呎高。

怪獸就站在鎖上的房間裡。

我張大嘴，望著牠巨大多毛的身軀。牠的身體像隻大猩猩，可是皮毛之中卻又纏著葉子、樹根與砂子；頭上長著鱗，而且還有一口像鱷魚般參差、尖刺的牙齒。

房裡瀰漫著腐敗的惡臭味，那是沼澤的味道。

我的胃開始翻攪。

那怪獸抬眼看著我，碩大的頭顱兩側是一對突出的眼睛。

牠盯著我看了一會兒，才低下頭看著自己毛絨絨的手爪，牠手上正捧著一大碟的薄餅。

怪獸把薄餅塞進嘴裡，大口吞嚥著，用參差的牙齒咬食。

我手上還握著門把，眼睛死盯著那隻吃東西的怪獸。牠又把另一疊薄餅往嘴裡塞，就這麼整碟吞下去了，同時還發出愉悅的呼嚕聲。

牠那對可怕的鱷魚眼張得更大了，喉頭上的青筋隨著吞食的動作而抽動。

我想出聲呼救，大聲尖叫，可是卻發不出半點聲音。

怪獸用一隻手把薄餅塞入嘴裡，一次一疊。另一隻手則搔抓著自己的毛腿。

牠抓呀抓，直到找到一隻藏在絨毛裡的黑色大甲蟲。

怪獸把甲蟲抓到頭顱邊，放到突出的眼睛前面。

甲蟲的腿在空中亂抓。怪獸憤恨的看著甲蟲，看著牠揮動的腿。

接著把蟲子丟到嘴裡，往黑亮的甲殼上喀啦一咬，發出驚心動魄的碎裂聲。

怪獸的嘴邊滲出藍莓的醬汁與甲蟲的體液。

這句英文怎麼說

那怪物猛地抬起頭。
The monster jerked his head up.

快逃啊！

我告訴自己。

快逃命啊！

可是我卻害怕得不敢動彈。

那怪物伸手去拿另一疊薄餅。

我逼著自己往後退開一小步，回到走廊上。

那怪物猛地抬起頭。

牠怒目瞪著我，發出低沉的吼聲。

怪獸任由薄餅滑到地上，緩緩朝我走過來。

我拔腿衝向走廊，尖叫著高喊救命。

「葛茜！葛茜！怎麼了？」克拉克從走廊盡頭轉角跑出來問道。

「有怪物！在那間上鎖的房間裡！快！」我尖著嗓子說，「快！快去求救！」

「爺爺！奶奶！」我一邊跳下樓梯，一邊大喊，「有怪物啊！」

我轉身看怪物有沒有追來，結果發現克拉克一動也沒動。

「房裡有怪物！」我高聲說道，「快走，克拉克！快走啦！」

克拉克竊聲笑了起來。

「哇咧，妳當我白癡啊，會信妳這個。」

克拉克對著怪物所在的房間走過去，還咧嘴對我笑。

「別去！拜託你！」我哀求道，「我說的是真的！」

「妳想嚇我對不對？妳想報復。」

「我不是在開玩笑，克拉克！別進那個房間！」我尖聲叫道，「別進去！」

克拉克伸手握住門把。

「我來囉！沼澤怪物！」他邊走進房間邊大聲說，「快來抓我喲！」

這句英文怎麼說

怪獸的吼聲掩住了克拉克的尖叫。
The creature roared over Clark's cries.

17.

一秒鐘後，克拉克驚恐的尖叫聲從房裡傳了出來。

怪獸的吼聲掩住了克拉克的尖叫。

克拉克跳到樓梯上，瘋狂的大叫著。

「跑呀！跑呀！」他揮著手從房裡衝出來，「有怪物！沼澤裡的怪物！」

我們衝下樓，拖著查理一起逃命。查理不肯，牠想轉回樓梯上。

「查理，來呀！」我焦急的哀求道，「過來呀！」

可是查理卻一屁股坐在階梯上號叫，一動也不肯動。

突然間，一記宛若洪鐘的吼聲自長廊穿射過來。

噢，慘了！怪獸來了！怪獸要來追我們了！

「求求你，查理！」我扯著狗狗的項圈哀求道，「拜託啦……」

克拉克站在階梯上，恐懼到全身僵硬。

「快來幫我，克拉克！別楞在那兒，快來幫我呀！」

沼澤怪物重重的踏在走廊上，陳舊的樓梯在我們腳下嘎吱亂響。

「牠要來追我們了。」克拉克低聲說，身體還是一動也沒動。

我抓住克拉克的衣服，使勁拉扯他。

「幫我呀，克拉克！」我尖叫著，「幫我推推查理！」

我們邊掙扎邊下樓，我拖著查理，克拉克則從牠後邊推著。

「爺爺！奶奶！」我大聲呼喊。

還是沒人回答。

怪獸的吼聲更大、更近了。

「把查理關到浴室裡！」到二樓時，我命令克拉克，「狗狗在裡邊很安全，我去找爺爺、奶奶。」

緊接著我衝進廚房。

這句英文怎麼說

把查理關到浴室裡。
Lock Charley in the bathroom.

「奶奶、奶奶……」我不停的高聲喊道，「有怪物！」

廚房裡空無一人，於是我奔向客廳。

「你們在哪兒？救命啊！」

客廳也沒半個人影。

我又到圖書室尋找，卻連半個人影也沒有。

我衝回樓上，檢查他們的臥房和所有二樓的房間。

結果哪兒都找不著兩位老人家。

他們跑哪兒去了？會到哪兒去呢？

克拉克從浴室走出來，剛好聽到怪物的腳步聲在我們頭頂上騷動。

「爺……爺爺、奶奶在哪兒？」克拉克結結巴巴的問。

「我……我不知道，我找不到他們。」

「外面找過了嗎？」克拉克用尖細的聲音說。

對呀！別慌，葛茜，他們一定是在外邊，說不定在後院，爺爺搞不好在小棚子裡工作。

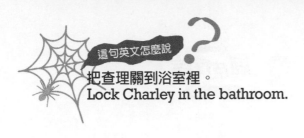

我們衝下樓，迅速奔進廚房。

在後門邊上看著沼澤的方向，也看著小棚子。

可是那邊沒人。

「他們會跑……」克拉克才剛開口，我便打斷他說：「你聽！聽到沒？」

是車子發動的聲音。

「是爺爺、奶奶的車！車子回來了！車子修好了！」我大喊道。

我們循著引擎聲走去，那聲音從房子前方傳來。

於是我們跑到前門，從窗口望出去。

他們在那裡！

「嗯？」我驚異地大喊一聲。

爺爺、奶奶正沿著車道倒車，他們要開車離開！

「不——等一等！等一等！」我一邊高聲喊著，一邊轉動門把。

「他們聽不見，」克拉克喊道，「把門打開！把門打開啦！」

我使勁全身力氣，奮力的扯著門，接著又轉動門鎖。

這句英文怎麼說

接著我發現一件可怕的事。
Then I realized the horrible truth.

「快點！」克拉克尖聲說著，「他們要把我們留在這裡了！」

我又拉又扯，瘋狂的轉著門把。

接著我發現一件可怕的事——

「門是從外面閂上的！」我告訴克拉克，「他們把我們鎖起來了！」

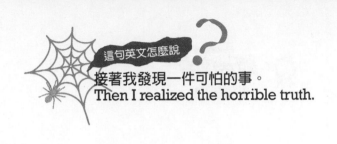

18.

「他們怎麼可以這樣對我們？」我哀號著，「怎麼可以把我們丟在這裡？他們爲什麼把我們鎖在屋裡？」

頭上的天花板傳來震動聲，而且震得相當厲害，連客廳牆上的照片都跌碎在地板上了。

「那是什麼？」克拉克兩道眉毛揪在一起。

「是怪物！牠要來追我們了！」我粗聲說道，「我們得想辦法離開這裡，必須求救……」

克拉克和我衝回廚房門邊。

我轉動門把，使盡全力去開，但門也鎖住了——從外邊反鎖的。

這句英文怎麼說

我們得打破玻璃！
We have to break the glass!

我們在屋裡奔跑著，檢查所有的側門。

結果全都卡死了，所有門都從外頭鎖住了。

怪獸的腳步聲在我們的頭頂上隆隆作響。

爺爺、奶奶怎麼可以這樣對待我們？他們怎麼可以這樣子？

當腦海飛快閃過這些問題時，我衝向圖書室的窗口。

那是整個一樓裡僅有的一扇窗，現在成了我們唯一的逃生口。

我使勁將窗戶往上推，窗子卻絲毫不爲所動。

我用拳頭搥著木製的窗櫺。

「你看！」克拉克啞聲指著髒污的窗玻璃說，「看哪！」

只見兩根鏽掉的釘子釘在木框上，將窗戶從外邊釘死了。

也將我們釘死在屋子裡！

他們怎會這麼對待我們？怎麼可以？怎麼可以……

「我們得打破玻璃！」我轉頭對克拉克說，「這是逃出去的唯一辦法！」

「好！」克拉克大叫一聲，身體往前一傾，掄起拳頭往玻璃上搥打。

「你發神經啊？」我對他尖聲喊道，「找點硬的東西來……」

可是我的話被樓上的一聲巨響掩蓋住了。在巨響之後，又傳來琴鍵撞成一團的嘈雜聲。

「牠……牠在做什麼？」克拉克急忙問道。

「樓上有架舊琴，聽起來好像是怪獸在丟琴！」

地板、牆壁、圖書室的天花板，所有東西都在震動，因爲怪物把琴丟到三樓房間另一邊了，牠一遍又一遍的扔著。

鄰近桌上的瓷花瓶、水晶盤及一小只玻璃動物掉了下來，在我們腳邊摔得粉碎。

圖書室裡的書紛紛從架子上掉落，我用雙手護住自己的頭。

克拉克和我在地板上縮成一團，等著「書崩」結束，等著怪獸停止摔琴。

我們瑟縮在一起，直到房子恢復平靜爲止。

最後一本書從書架上掉下來，落在我身邊的一小張桌子上。

「把那個給我！」我指著書旁一座沉重的黃銅燭台，對克拉克命令道。「你

這句英文怎麼說

我用雙手護住自己的頭。
I threw my hand over my head.

站到後邊去。」

我轉向窗戶，手一揚，揮著沉重的燭台，好死不死卻在這時候聽見一陣嗚咽聲。

那是查理從樓上傳來的哀鳴。

「噢，天哪！」我驚喘一聲，「是怪獸……怪獸抓到查理了！」

19.

我一手抓著燭台，另一手拖著克拉克奔向樓梯。

我得去救查理！非救牠不可！

我狂奔上樓，在樓梯頂站定。

看著走廊，我的心臟在胸口亂撞。但走廊上空空如也。

我躡手躡腳的往浴室走去，屋子裡安靜極了，只聽得見克拉克的氣喘聲和我自己的心跳聲。

我慢慢的靠近，終於看到浴室的門了。

浴室門是關著的。我握著門把，門把在我被汗水濡濕的掌心中滑動。

我將門推開一道縫，往裡頭窺望，卻看不見任何東西。

這句英文怎麼說

查理吠得更兇了。
Charley barked even louder.

於是我再把門推開一些，感覺到克拉克的熱氣呼在我的脖子上。

接著再打開一些……

「查理！」我鬆了口氣喊道。

查理蜷縮在浴缸的角落裡，牠很害怕，卻安然無恙。

牠抬起水汪汪的大眼睛看著我們，虛弱的搖了搖尾巴，接著吠叫起來。

「噓！」我輕聲安撫牠說：「拜託，查理，別讓怪獸聽見了……安靜，乖狗狗。」

可是查理吠得更兇了，聲音之大，害我們差點沒聽見外頭的車聲。

「噓！」我一邊安撫查理，一邊轉身看著克拉克問：「你聽見了沒？」

他張大了嘴，「是車門聲！」

「沒錯！」我大叫。

「爺爺和奶奶回來了！」克拉克大喊，「他們一定是帶人來救我們了！」

「留在這裡。」我一邊命令查理，一邊和克拉克慢慢溜出浴室。「乖狗狗，別動。」

克拉克用力關上身後的門，我們兩人一起衝到樓梯口。

「我就知道他們會回來！他們不會丟下我們不管的！」我三步併作兩步的飛奔下樓。

接著我又聽見引擎響，聽見車子轟隆隆的開走，還聽到輪胎壓在車道上的聲音。

「不要啊！」我高叫著衝到前門，「別走！別走呀！」

我用力搥門，使勁的踢著。接著，我看到地上的粉紅色紙條，它就放在門底下。那是一張便條，我顫抖著手撿起便條讀著：

我們要到下星期才會回來，對不起，孩子們，不過工作的時間比我們預期的還長。

這是電話留言——是爸媽捎來的。

原來爺爺、奶奶並沒有回來，這是雜貨店的多納先生開車送來的。

怪獸的吼聲打斷了我的思緒，我迅速轉過身，克拉克卻不見了！

「克拉克！」我大叫道，「你在哪裡？」

怪獸的吼聲更響、更凶惡了。

「克拉克！」我再次大聲喊道：「克拉克——」

「葛茜——快來！」我聽見克拉克在廚房裡急切的喊我。

這句英文怎麼說

我就知道他們會回來！

I knew they'd be back!

20.

「葛茜！葛茜！」

我衝過客廳，克拉克一遍遍的喊著我的名字，每次聲音都比前一次更高、更亢奮。

「我來了！」我高聲說，「撐著點，克拉克，我就來了！」

我繞過沙發，結果絆到了一張腳凳，頭部重重的撞在地上。

克拉克繼續狂喊我的名字，但他的聲音似乎變得遙遠而模糊了。

我覺得頭疼欲裂，掙扎著站起身來，整個房間卻好像在我周邊旋舞。

「葛——茜！葛——茜！」

他的聲音聽起來更加狂亂了。

這句英文怎麼說

我覺得頭疼欲裂。
My head throbbed with pain.

「我來啦！」我頭昏腦脹的回道。

接著，我聽到怪獸如雷的吼聲在屋裡狂響。

我得趕緊到克拉克身邊才行！

他遇到麻煩了……他被怪獸抓住了！

我踉踉蹌蹌的穿過客廳，朝廚房走去。

怪獸的吼聲震撼著四周的牆壁。

「撐著點，克拉克！」我想要高喊出聲，但聲音卻低得可憐，「我來啦！」

我跌跌撞撞的走進廚房裡。

「葛茜！」克拉克站在冰箱旁邊。

只有他一個人。

「牠呢？」我一邊問，一邊四下搜尋著怪獸的身影。

「他？誰呀？」克拉克結結巴巴的反問。

「怪獸呀！」我大吼一聲。

「在樓上。」克拉克大惑不解的回道，「妳怎麼那麼久才來呀？」

克拉克沒等我回答，又說：「妳看。」他指著冰箱說，我轉過身，看到兩封用磁鐵貼附在冰箱上的信。

「你在那邊鬼叫鬼叫的，就為了要我看這個呀？」我生氣的吼道，「差點沒被你害死……我還以爲你被怪獸抓住了！」

克拉克顫抖著手從冰箱上拿起信封，「這兩封信是爺爺、奶奶指名給我們的。」

我望著克拉克手裡的信封。他說的沒錯，信是給我們的，而且還標著一和二的號碼。

「他們留信給我們？」我簡直無法相信。

克拉克撕開第一個信封，展信讀著，手仍舊顫抖著。

他瞄著信，喃喃讀著，我聽不懂他在說些什麼。

「給我看！」我伸手拿信，卻被克拉克避開了。

他緊握著信，繼續讀著。

「克拉克，信上說什麼？」我問。

這句英文怎麼說

我還以為你被怪獸抓住了！
I thought the monster had grabbed you!

他不理我，逕自推著眼鏡繼續看信，同時喃喃自語。

我看著克拉克讀信的樣子，看著他的視線掃向信尾，並看到他的眼睛因恐懼而越睜越大……

21.

「克拉克！」我不耐煩的大叫：「上面到底寫什麼？」

於是克拉克大聲讀著信：「親愛的葛茜與克拉克……」信紙在他顫抖的指間抖動。

「很抱歉我們這樣對你們，可是我們得離開。幾個星期前，一隻沼澤的怪獸侵入我們家，我們把怪獸關在樓上的房間裡，之後便不知該如何處置牠了。我們當時沒車，所以沒辦法打電話求救。

「過去幾週我們一直活在恐懼中，我們不敢把怪獸放出來，因爲牠一直都很凶猛，我們知道怪獸會把我們宰了。」

聽著克拉克往下念，我的膝蓋也跟著發抖。

這句英文怎麼說

過去幾週我們一直活在恐懼中。
We've lived in terror for the past few weeks.

「我們不想把怪獸的事告訴你們爸媽，如果說出來的話，他們就不會讓你們來了。

「這裡很少有訪客，我們好想見見你們。可是我想我們大概錯了，你們應該跟爸媽一起去亞特蘭大的，也許我們不該讓你們留下來。」

「他們覺得他們錯了！他們覺得！」我尖叫道，「他們竟然說這種話？」克拉克自信上移開視線，他的臉色蒼白如雪，臉上的雀斑似乎都消失了。他搖著頭，一臉不知所措。

接著，他繼續讀爺爺、奶奶的信。

「我們一直在餵怪獸，把食物從爺爺在門底鋸開的縫裡塞進去，那怪物吃得很多，可是我們得餵牠才行，我們不敢不餵。

「我們知道現在逃跑很不公平，但我們只是去求救而已，會回來的……我們一找到曉得對付這隻可怕怪獸的人，就立刻回來。

「對不起，孩子們，我們真的非常抱歉……可是我們必須把你們鎖在房裡，以確保你們不會擅自跑到沼澤裡去，外面很不安全。」

他們可眞會講笑話！

「外面不安全！」我叫道，「他們把我們跟殺人怪獸一起丟在房裡，竟然還有臉說『外面』不安全！他們兩個都瘋了，克拉克，眞的是瘋了！」

克拉克點點頭，繼續念道：

「對不起，孩子們，我們眞的非常、非常的抱歉。可是請別忘了一件事，你們會很安全的，只要你們不……」

樓上的怪獸發出震天的吼聲，克拉克手上的信一鬆……

我恐懼的看著信在空氣中飄呀飄，飄降到地板上，再滑到冰箱底下。

「拿信啊！克拉克……」我大喊著，「快點！」

克拉克趴在地上，伸手探到冰箱下面，卻只能碰觸到信的一角，反而將信推得更遠。

「停！」我急忙吼道：「你把信推開了啦！」

可是克拉克不肯聽。他把手探得更深，在底下摸索著信紙。

結果信紙被推得越來越遠，直到我們再也看不到爲止。

這句英文怎麼說

我們得把冰箱挪開。
We have to move the refrigerator.

「信上說什麼？」我怪他說，「你看過信了……我們會很安全的，只要我們不怎麼樣？」

「我……我還沒念到那裡。」克拉克吞吞吐吐的說。

我真想掐扁他。

我轉過身，焦急得想找個能伸到冰箱底下的東西，好把信掏出來。可是我找不到任何能伸到下頭的細長物品，這裡的東西都太大了。

克拉克拉開廚房的櫃子和抽屜，找尋能用的工具。

怪獸又在上頭用力踏著步，天花板隨之震動。

流理台上的碟子掉了下來，在冰冷的灰色瓷磚上撞個粉碎。

「噢，糟了……」我呻吟道，望著天花板上碎裂崩落的油漆屑，「牠已經到二樓了，怪獸越來越近了。」

「我們完了。」克拉克哀嘆道，「牠會來抓我們，接著……」

「克拉克，我們得把冰箱挪開，找出那封信剩下的部分寫什麼。」

我們兩個一起拚盡全力推著冰箱。

這時怪獸在樓上發出憤怒的吼聲，我們推得更賣力了。

終於，冰箱移動了！

克拉克跪下來往冰箱底下瞧。

「推——！」他告訴我，「快推呀！我看見信紙的角了，再推……再一點點就好了。」

我又使勁推了冰箱一次，克拉克終於拿到信了！他用大拇指和食指夾住信角，把它夾了出來。

他把信紙晃了晃，甩掉上面的塵埃。

「快念啦！」我對他吼道，「快！」

克拉克再度念起信：

「你們會很安全的，只要你們……」

22.

這句英文怎麼說

你們得設法把怪獸殺掉。

You will have to find a way to kill it.

我屏息以待，等著克拉克把話說完，找到自保的辦法。

「你們會很安全的，只要你們別打開門，放怪獸出來就好了。」

「就這樣嗎？」我的下巴都快掉了，「現在說這話不是太遲了嗎？太遲啦！他們還有沒有說別的？一定還說了些別的事吧！」

「還有一點點……」克拉克繼續念著，「請千萬、千萬別去碰那個房間，別打開那扇門。」

「太遲了！」我哀號著，「一切都太遲了啦！」

「萬一怪獸逃出來，你們除了設法將牠殺掉，就別無他法了。」克拉克從信上抬起頭來。「就這樣了，葛茜，上面只是說：『你們得設法把怪獸殺掉。』」

「快！」我對克拉克喝道，「打開另一封信，也許裡面有更多訊息，一定是的！」

我們聽到沉重的腳步聲時，克拉克正要拆第二封信。

腳步聲來自樓下。

就在隔壁房——客廳裡。

「快呀！克拉克，拆信哪！」

克拉克手指顫抖的拆著封死的信封，可是當我們聽到怪獸的呼吸聲時，克拉克停手了。

我們聽到深沉、嘶嘶作響的呼吸聲，越逼越近……

我的心臟隨著怪物漸近漸響的呼吸聲而越跳越亂。

「牠……牠要來抓我們了！」克拉克喊著，將未拆封的信塞到口袋裡。

「去餐廳！」我喊道，「我們去餐廳！」

「我們該怎麼辦？我們怎麼殺死牠？」我們衝向廚房時，克拉克大喊問道。

「我們——唉喲！」我一下撞到餐桌，腳痛死了。

這句英文怎麼說

越逼越近
Coming nearer.

我抱著膝蓋，想要彎彎看，卻痛到彎不了。

當我轉過身，怪獸就站在那裡。

沼澤怪物此刻就在廚房裡，一臉饞相的向我們走來。

23.

怪獸瞪眼怒視著我，我看著牠頭上的青筋隨著低長的吼聲一脹一縮。

我盯著那些粗大的青筋在粗糙的鱷皮上脈動。

「快跑，葛茜！」克拉克從後邊拉著我，將我拖出餐廳，兩人一起衝向樓梯口。

「我們得找個地方躲起來。」克拉克氣喘吁吁的說，我們一起奔向二樓。「我們得躲到爺爺、奶奶找救兵回來爲止。」

「他們不會回來了！」我對克拉克尖吼，「他們不會帶救兵回來的！」

「他們說會的。」克拉克堅持道，「信上是這麼寫的。」

「克拉克，你白癡啊……」我們來到樓梯頂端，我停下來喘口氣，大口大口

這句英文怎麼說

我們得找個地方躲起來。
We need a place to hide.

吸著氣說：「誰會相信他們的話？誰會相信他們家裡關了一隻沼澤怪物？」

克拉克沒回答。

於是我替他回答：「不會有人的！就是這樣，任何聽到他們話的人都會覺得這兩個老人瘋了。」

「也許有人會相信他們，」克拉克啞聲說著，「也許有人會願意幫忙。」

「是喔！『你能幫我們殺一隻沼澤來的怪物嗎？』他們會這樣問，能找到人幫忙才怪！」我翻著白眼說。

當我聽到怪獸沉重的呼吸聲時，便不再對克拉克吼了。我火速轉過身，又看到了怪獸。

牠站在樓梯底部望著我們，而且飢餓的流淌著口水。

克拉克和我緩緩的從樓梯口往後退開，怪獸的眼神也跟著我們移走。

「我們得把牠殺了。」克拉克低聲說，「信上是這麼寫的，我們得殺掉牠，可是要怎麼殺呢？」

「我想到一個辦法了！」我告訴克拉克，「跟我來。」

我們轉身拔腿就跑，當我們穿過浴室時，聽見查理的悲鳴。

「我們去帶查理！」克拉克停下腳，「把牠關在那邊太危險了，我們得帶牠一起走。」

「我們沒辦法帶牠，克拉克。」我回道，「查理不會有事的，別擔心。」

我對自己的話也沒有十足把握，不過目前實在沒空去管查理了，因爲怪獸已經來到二樓，頗具威脅的站在走廊尾端。

怪獸將雙手高舉在頭上，我看到牠握著剛剛我在客廳絆到的木凳子，眼裡燃燒著熊熊怒火。

怪獸惡狠狠的瞪著我，發出兇殘的吼聲，濃稠的白色唾液從牠的下巴垂涎下來。牠用濕長的舌頭將唾液舔掉，接著把凳子往地上一摜，凳子霎時摔成兩半。

牠拿起凳子的碎片，朝我們扔過來。

「我們走！」看到凳子從牆上彈開時，克拉克高喊道。

我們衝向樓梯，跑上三樓。

怪獸手腳笨重的窮追在後，每一步都震得整間屋子巍巍顫顫。

這句英文怎麼說

我們又跑了起來。
We started to run again.

「牠快來了！」克拉克大喊，「我們該怎麼辦？妳說想到一個辦法，是什麼辦法？」

「這裡有一道崩壞的樓梯。」我告訴克拉克，同時全力在黑暗迂迴的走廊上奔跑。「那樓梯全斷了，下邊是個大洞，等我們拐到轉角後，抓住扶把，怪獸會追著我們繞過轉角，那麼牠就會從斷掉的樓梯摔下去了。」

怪獸的嘶吼聲在我耳際轟轟作響，我看到牠在走廊上緊追不放。

「來呀！克拉克，快！」

「萬一沒用呢？」克拉克萬分恐懼的問道，「萬一牠只是跌傷而已，不是會變得更加氣惱？」

「別再問了，克拉克。」我不耐煩的說，「一定會有用的！一定會的！」

我們又跑了起來。

怪獸揚聲長吼，聲音充滿了憤怒。

「轉角到了，克拉克，就在前頭。」

怪獸一直吼叫個不停，距離我們僅幾步之遙。

我的心狂亂的跳著，胸口都快爆開了。

「抓住扶把，克拉克，要不然你會掉下去的，轉彎囉！」

我們轉過拐角，雙雙伸手抓住扶把。

緊接著，我們的身體重重撞在牆上，懸在漆黑、空蕩的大洞上。

怪獸也繞過了轉角。

我的計劃能成功嗎？怪獸會不會就此摔死？

這個辦法能殺死怪獸嗎？

這句英文怎麼說

這個辦法能殺死怪獸嗎？
Was this the way to kill a monster?

24.

那怪獸繞過拐角，在大洞邊緣踉蹌了一下。

牠猛然回頭面對我們，眼睛脹得血紅。

怪獸張開嘴，發出猙獰的吼聲，掙扎著想要保持平衡，接著便朝斷開的樓梯口掉下去了。

我聽到牠重重摔落在地上的聲音。

克拉克和我緊抓著腐朽的扶把，扶把在兩人的重量拉扯下，發出吱吱嘎嘎的聲響。

我的手痛極了，手指也都麻掉了，我知道自己再也撐不住了。

我們側耳傾聽。

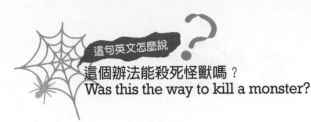

一片寂靜——那怪獸一動也沒動。

我往下瞧，只看見一片漆黑。

「我的手指在滑動了。」克拉克呻吟道，接著他把腳晃出去，用穿著布鞋的腳去探走廊的地板。

他用手一吋吋的沿著扶把，將自己挪到走廊的安全地帶，我也跟著有樣學樣。

我們再次看著漆黑的大洞，可是下頭實在太黑了，什麼也看不清楚。下邊既黑又靜，半點聲響都沒有。

「成功了！我們安全了！」我歡呼著，「我們把怪獸殺掉了！」

克拉克和我歡喜雀躍的慶祝著。

「成功了！我們成功了！」

我們跑下樓，把查理從浴室裡放出來。

「一切都沒事了，查理。」我抱著自己的寶貝狗說，「我們成功了，乖狗狗，我們把沼澤怪獸殺掉了。」

這句英文怎麼說

我把燭台留在樓上浴室了。
I left the candlestick up in the bathroom.

「我們離開這裡吧。」克拉克催促道，「我們可以走到城裡，到雜貨店打電話給爸媽，請他們來接我們，馬上就來接我們！」

我們實在太開心了，幾乎是跳著下樓，一行人狗走進了圖書室。

「站到後面去，」我對克拉克說，「還有把查理拉好，我來打破窗戶，這樣我們就可以離開這裡了。」

我環顧房間，找尋那座用來破窗的黃銅燭台，可是燭台不在那裡。

「在這裡等我，」我對克拉克說，「我把燭台留在樓上浴室了，我馬上回來。」

說完，我衝出圖書室。

我巴不得立刻離開這鬼地方，離開這可怕的沼澤，並告訴爸媽：把我們丟在一間關著怪獸的房子裡，是一件多麼愚蠢的事！

我衝過客廳，來到樓梯邊。

我往上跑了三個台階，忽然停住腳步，因爲我聽見低沉的呻吟……

不可能的……

也許是查理，查理在低吠……

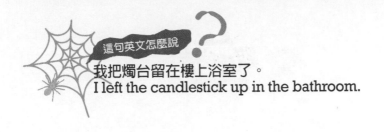

我仔細聆聽著。

接著又聽見了一次。

那不是狗叫聲，絕對不是狗叫聲！

之後我聽見混亂的腳步聲，那是沼澤怪獸發出的，就來自附近某個地方，而且越逼越近，越逼越近……

這句英文怎麼說

圖書室裡空蕩蕩的。
The library was empty.

25.

「克拉克！」我跌跌撞撞的衝回圖書室，雙腳抖個不停，且渾身戰慄的大叫著，「牠沒死……怪獸沒死！」

圖書室裡空蕩蕩的。

「克拉克？你在哪裡？」

「在廚房啦！」他回道，「我在餵查理。」

我衝進廚房，克拉克和查理坐在地上，查理正在舔水喝。

「怪獸沒有摔死，牠還活著！」我提高聲音說。

克拉克吃驚的倒抽一口氣。

「這下子牠一定很火大，而且氣爆了。我們該怎麼辦？」

我搜尋一下廚房，說：「把查理放到那裡。放進櫥子裡，我想到另一個辦法了。」

「希望這個辦法比妳前一個辦法有用。」克拉克埋怨道。

「那你有其他辦法囉？」我忍不住吼道，「有嗎？」

他沒有。

克拉克把查理拖過廚房。

「葛茜，這不是櫥子，好像是房間耶。」

「管它是什麼，」我罵道，「把查理丟進去就對了。」

流理台上放了一塊奶奶做的派。

「怪獸從今天早上就沒吃東西，」我告訴克拉克，「我們把派放到流理台上、牠看得到的地方。」

「可是那只能拖延牠一下子而已。」克拉克一邊發著牢騷，一邊把查理關到房裡。「怪獸一口就可以把派吞掉了，接著又會來追我們。」

「不，牠不會的。」我堅持道，「我們會在派裡頭下毒，在裡面加東西，放

這句英文怎麼說

我不認為這招會有用。
I don't think that's going to work.

一堆可以毒死牠的東西！」

「我不確定耶，葛茜……」克拉克爭論著，「我不認爲這招會有用。」

查理在關上的門後低聲嗚咽，彷彿也同意克拉克的看法。

「我們沒得選擇了！」我打斷他說，「總得試試看吧！」

我找來叉子，小心翼翼的用叉子把派皮掀起來。

接著在廚房水槽下的櫃子搜尋，裡頭好髒啊！陰陰濕濕的，水管上全長滿了綠色的青苔。

我在前面架子上找到一罐松節油，油罐的蓋子鎖得死緊，得費很大力氣才打得開。

我將整罐松節油慢慢倒進派裡。

「好噁！那東西難聞死了。」克拉克捏著鼻子說。

我研究了一下，發覺派看起來太濕了，油在上頭流動。

「我想我們得找點東西把油吸掉。」我對著克拉克說，「這樣應該就可以了！」

於是我拿起一罐通水管的藥劑，把通管劑的藍色結晶灑在派上，隨即滋滋作

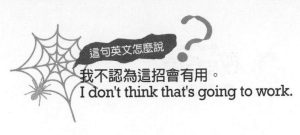

響的冒出了泡泡。

克拉克趕緊往後跳開說：「我想應該夠了吧。」

我不理他，又把頭探到水槽下，找出兩個瓶子。

「是老鼠藥！」我大聲讀著其中一個髒瓶子上的標籤。「太棒了……」

另一個瓶子裡裝滿了氨。

「快點！」克拉克催促道，「我聽到怪獸的聲音了，牠快來了。」

我把老鼠藥跟氨一併倒在派上。

怪獸的吼聲越來越近，每次一聽到牠的吼聲，我就會跳起來。

我找到一罐舊的橘色油漆，也全部倒在派上。

「夠了！已經夠了啦！」克拉克慌張的說。

「好啦、好啦，我只是想確定這招能奏效而已嘛。」我又塞了一把樟腦丸。

「快點！」克拉克又催道，「把派蓋好，怪獸要來了！」

怪獸的腳步聲在客廳裡重重踏著。

「快一點！」克拉克哀求道。

這句英文怎麼說

沼澤怪獸看到我們躲在這裡了！
The swamp monster sees us under here!

我又在派上面灑了一層殺蟲劑。

「葛茜——！」克拉克幾乎快跪下來求我了。

我把下了毒的派放在流理台上。

派很甜，甜到吃一口牙齒就會掉下來。

我想起了奶奶的話。

我告訴自己，這派的效果最好強過奶奶所說的，最好能把怪物殺掉！

「牠來了！」克拉克大叫。

我們鑽到廚房桌子底下。

怪獸進到房間了，我從桌底往外看，看見牠狂亂的揮著雙臂，把杯盤碗盆——所有能看到的東西都推倒了。

接著牠轉過頭，我的心跳也彷彿跟著停住了。

怪獸遲疑了一會兒，朝廚房桌子走近一步，又接近一步……

克拉克和我在桌底下擠成一團，兩人抖得好厲害，連桌子都跟著搖了起來。

沼澤怪獸看到我們躲在這裡了！

我暗暗驚道。
我們逃不了啦！
接下來，牠會怎麼做呢？

這句英文怎麼說

我聽見怪物在嗅鼻子。
I heard the creature sniffing.

26.

克拉克和我抱著彼此，怪獸走到桌邊，牠貼得如此之近，我都能聞到牠濃密絨毛上的異味了。

克拉克發出輕輕的低鳴聲。

我馬上伸手捂住他的嘴，自己則閉上眼睛。

拜託快走開……我祈禱著。

千萬別讓怪獸看見我們哪！

我聽見怪物在嗅鼻子，就像狗兒想聞出骨頭的位置一樣。

當我張開眼睛時，怪獸已經從桌邊離開了。

「呼……」我靜靜的吐了口長氣。

怪獸在廚房裡大聲的繞行，急切而沉重的嗅著。

牠聞著冰箱，又趴到爐子上東聞西聞，在屋子裡慢慢走著，到處亂嗅。

牠聞到我們了，怪獸聞到我跟克拉克了……

我心想著。

老天哪！讓牠看到派……看到派呀！

怪獸又走回爐子邊聞了聞。

牠彎下身往烤爐裡探看，接著一把扯開烤爐的門，擲到房間另一頭。

那門摔在牆上，發出巨大的響聲。克拉克驚跳起來，一頭撞到桌底，痛得低叫一聲。

我也跟著呻吟，並低聲說：「你瞧。」

怪獸在吃東西——但不是吃「我們製作的派」。爐子裡還有兩塊派，怪獸正大口大口的吃著。

慘了！牠會把那些派吃掉，等牠吃飽了，就不會去吃「我們製作的派」了！

我們兩個掛定了……

這句英文怎麼說

牠聞到我們了。
He smells us.

怪獸狼吞虎嚥的把兩塊派塞入嘴裡，幾乎連咬都沒咬就整個吞下去了。接著牠一邊在房間中央走來走去，一邊用力嗅聞著。

太好了！牠還沒吃飽，快去吃我們的派呀！

我在心裡默禱，並從桌下往外望，看到怪獸朝流理台走過去了。

好耶！

牠停下腳步嗅聞著。

怪獸看到派了。牠看了一會兒，拿起派放到嘴邊，一下子便塞了進去。

萬歲！我在心底歡呼道。

怪獸在吃派了，牠在吃我們的派了！

牠先是一口一口咬著，再大口吞著；咬一咬之後，又大口吞嚥著。

怪獸邊吃邊舔著肥厚的嘴唇，還舔著自己的爪子，揉揉肚子。

「糟糕……」我叫苦道，「牠居然『喜歡』那個派！」

27.

我看著怪獸把最後一點派塞進嘴巴裡。

接著牠將長舌伸伸吐吐了一會兒，把所有剩下的派屑全舔乾淨。

「沒用的，」我對克拉克哀嘆道，「怪獸喜歡那塊派。」

「現在我們該怎麼辦？」克拉克喃喃道，將膝蓋緊抱在胸前，免得抖得太厲害。

怪獸又發出一聲長吼。

我從桌下窺望，看見牠的眼睛外突，兩隻眼睛眞的從牠的臉部爆突出來。

牠的喉頭喀啦喀啦的嗆了一下，用兩隻毛手抓著自己的脖子，呻吟了一聲。

怪獸的肚子翻騰作響，牠揪著自己的胃部，彎下腰來，虛弱而痛苦的喊了一

這句英文怎麼說

怪獸又發出一聲長吼。
The monster let out a long groan.

聲，露出一臉驚疑的表情。

下一秒鐘，怪獸便倒在廚房地板上——死了。

「成功了！成功了！」我歡呼道，「我們把沼澤怪獸殺死了！」

我將克拉克從桌底下拉出來。

從廚房另一頭仔細打量怪獸，我確定牠已經死了，但還是不想靠得太近。

怪獸覆著鱗片的眼皮已經闔上了。

我盯著牠的胸口，看看有沒有起伏，確定牠是否還在呼吸。

怪獸的胸口仍舊沒有任何起伏。

我繼續看了牠好半天，還是一動也不動。

克拉克從我身後看過去。

「牠……牠真的死了嗎？」克拉克口齒不清的問。

「是的。」現在我很確定，心中再也沒有懷疑，開心得又跳又叫，「我們成功了！我們把怪獸殺掉了，我們把牠殺掉了！」

克拉克伸手到後邊的褲袋拿漫畫書——《堆肥裡的怪物》，他把書丟過房間，漫畫書敲中了怪獸的頭，落在地上。

「我再也不要看什麼沼澤怪獸的書，永遠都不看了！」克拉克叫道，「我們離開這裡吧！」

查理在門的另一頭不安的撕抓，我們打開門時，牠跳了出來，撲到我們身上。

「沒事了，乖狗狗。」我安撫道，想讓牠平靜下來，「沒事了。」

我往關查理的房間看了看。

「喂，克拉克，這裡頭好像有扇門耶，是一扇通往外邊的門！」

我踏進窄小黑暗的房間，絆到了橫在地板上的掃把。

我斜望著黑暗的房間，右邊牆上放著兩把鏟子，左邊則擺了一綑舊水管。

接著，我看到前面有扇門，一扇有著大玻璃窗的門。

我望向窗外，看到了後院，還發現一條通過沼澤的小徑。

小徑是不是穿過沼澤、通往城裡呢？

我決定試一試。

「我們快逃出這裡了！」我說，「我們快要自由了！」

這句英文怎麼說

小徑是不是穿過沼澤、通往城裡呢？
Does that path lead through the swamp to town?

我轉動門把，可是門鎖住了，跟其他所有門一樣，也從外邊鎖死了。

「門鎖上了。」我告訴克拉克，「不過我會把窗子打破，我們可以爬出去，沒問題的。」

靠牆的鏟子又重又大，我用雙手抓住其中一把，朝窗子瞄準。

我把鏟子舉到後頭，接著感覺到地板一震。

我迅速轉身，隨即聽到一陣吼聲。

那是沼澤怪獸的吼叫，牠並沒有死！

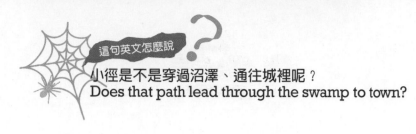

28.

怪獸吵吵嚷嚷的走到門口。

克拉克和我看到怪獸一個大步踏進房間時，雙雙放聲尖叫。

牠可怕的大頭穿過門框時，還發出摩擦聲，但怪獸似乎壓根沒注意到。

克拉克和我緊貼在牆上。

克拉克退到一處角落，發出恐懼的嗚咽聲。

我們被困住了，無路可逃，無處可退。

怪獸的視線在克拉克和我之間游移，最後定定的看了克拉克一會兒，再抬起頭來高聲號叫。

「牠……牠想先吃我。」克拉克哭喊道，「我、我不該用漫畫丟牠的，不該

這句英文怎麼說

牠想先吃我。
He is going to get me first.

用書丟牠頭的……」

「牠會吃掉我們兩個的，你這白癡！」我對克拉克大吼道，「因爲想殺牠的是我們兩個！」

克拉克一聽便不再說話了。

我得想點辦法，一定得想想辦法。

可是能有什麼辦法呢？

沼澤怪獸蹣跚的走向前來。牠猛然張開血盆大口，露出一口參差的黃牙，尖銳的黃牙上還淌著口水。

怪獸眼泛紅光，向前逼近，一步步越逼越近。

我垂頭一看，發現自己手上還拿著鑷子。我雙手舉起鑷子，向前刺去，卻只刺中橫跨在怪獸和我之間的那片空氣。

「走開！」我尖聲喊道，「退回去！別來煩我們！」

怪獸逕自低聲吼著。

「走開！退回去！」我狂亂的揮著鑷子說：「走開啦！」

我不停朝怪獸揮舞著鏟子，揮著、揮著，匡噹一聲，擊中了牠的腹部。

整個房間頓時一片死寂。接著怪獸頭一仰，發出震耳欲聾的吼聲。

牠往前踉蹌幾步，將鏟子從我頭上撥開、丟出門外，那鏟子在牠手裡簡直輕如牙籤。

我倒抽一口氣，看著鏟子斷裂在廚房地板上。

我瞄著另一把靠牆的鏟子，怪獸循著我的視線看過去。

牠一把抓過鏟子，徒手將鏟子折成兩半，再把斷了的鏟子丟進廚房。

我該怎麼辦？一定得設法做點什麼！

接著我靈光一閃——

那封信！

爺爺、奶奶寫的第二信，也就是我們還沒打開的那一封！

「克拉克！快點！第二封信……」我大喊著，「也許它會告訴我們該怎麼做，快念信哪！」

克拉克望著我，楞在當場，眼睛死盯著狂怒的怪獸。

這句英文怎麼說

也許它會告訴我們該怎麼做！
Maybe it will tell us what to do!

「克拉克！」我咬著牙說，「打開——那——封——信，快點！」

他顫抖著將手伸到褲袋後，慌張的掀著口袋蓋子。

「快點，克拉克！」我懇求道。

他終於勉強撕開一片信角，接著我放聲尖叫。

怪獸衝向前來，抓住我的手臂，用力一扯，將我朝牠身上拉了過去。

29.

怪獸將我拉過去。

我抬頭看到牠可怖的臉龐，不由得倒抽一口冷氣。

怪獸的眼睛像兩汪漆黑的深潭，裡頭還有小蟲上下鑽游著！

我轉開頭，以免看見那兩個萬「蟲」鑽動的可怕眼窟。

怪獸將我抓得更緊了，牠濕熱酸臭的氣息吹在我的臉上。

怪獸張開大口，嘴裡一樣爬滿了蟲子！我看到那些小蟲在牠舌頭上爬上鑽下。我尖叫個不停，拚命想掙脫，可是怪獸實在抓得太緊了。

「放開我！」我哀求牠，「求求你——！」

怪獸用吼聲回答我，一陣陣熱氣吹撲在我的臉上。

這句英文怎麼說

怪獸將我拉過去。
The monster pulled me close.

牠聞起來就像沼澤……

我在掙脫時發現了這一點。

這怪獸就是沼澤，牠本身就像一片活生生的沼澤。

我用空著的手搥打怪獸的手臂，搥中牠手上那些青苔時，差點沒昏倒。

怪獸的整個身體都覆著一層濕答答的青苔！

「放開我！」我哀求怪獸，「求求你放我走吧！」

克拉克撲上前抓住我的臂膀，拚命想將我拉開。

「放開她！」克拉克高聲喊著。

查理從角落裡跑出來，先是掀唇低嗚，接著放聲狂吠，一口狠狠咬在怪獸多毛的腿上。

怪獸嚇了一跳，掉頭便跑，還拖著我跟牠走。

可是查理哪裡肯罷休，我低頭看到查理死咬住怪獸的腿不放。

怪獸怒吼一聲，抬起腳奮力一抖，把查理拋過房間。

「查理！」我大叫道，「查理——！」

我聽見查理從房間另一頭發出幾聲悶哼。

「牠沒事。」克拉克上氣不接下氣的說，並且更使勁的拉我的手，想幫我掙脫。

怪獸又是一聲怒吼，朝克拉克回過身，一把將他推到牆上。接著怪獸彎下身，將我舉到牠面前。

怪獸張開大嘴，伸出噁心、爬滿了小蟲的舌頭，開始「舔」我。

牠用溫熱粗糙的舌頭、上上下下的舔著我的臂膀，接著露出巨大的牙齒，作勢要咬斷我的手……

這句英文怎麼說

我發出淒厲的慘叫聲。
A horrified shriek tore from my throat.

30.

「不——！」我發出淒厲的慘叫聲。

怪獸的下巴一低，嘴巴大張，黃牙上爬滿了各種小蟲。牠將嘴探向我的手，接著卻停住了。

怪獸放開我，並往後退開，瞪眼看我，牠注視著我的臂膀，眼睛向外暴突。

我也瞪著自己的手臂，只見臂上沾滿了怪獸超噁的唾液。

怪獸抬起手，掐住自己的咽喉，牠咳嗆著，像是被什麼東西卡住似的，並抬起濕漉漉的眼睛看著我。

「妳……妳是人類嗎？」牠咳聲道。

「牠會說話！」克拉克驚喘著。

「妳是人類……是人類嗎？」怪獸又問。

「是……是，我是人類。」我的舌頭有點打結。

怪獸的大頭往後一仰，發出呻吟。

「噢，糟糕，我對人類『過敏』。」

說完，牠的眼睛上翻。

怪獸往前踉蹌幾步，便碰的一聲倒在通往外邊的門上了。那門頓時被怪獸的身軀壓得粉碎，月光趁隙灑進屋內。

怪獸倒臥著，一動也沒動。

我揉了揉濕黏的臂膀，俯視著地上的怪物。

這回，牠眞的死了嗎？

31.

這句英文怎麼說

這回，牠真的死了嗎？
Was he really dead this time?

「葛茜！我們走吧！」克拉克拉著我往敞開的門口走去。

我們跨過怪獸，我又瞧了牠最後一眼。

怪獸雙眼緊閉。

沒有聲息，沒有一絲動靜。

「走了啦，葛茜！」克拉克懇求道。

牠眞的死了嗎？

我望著沼澤怪獸，心中並不十分確定。但我確實知道一件事——我絕不會留下來探個究竟。

克拉克和我奔出破門後，發現查理已經在外頭等我們了。我們衝下小徑，離

開房子，朝沼澤奔去。

看到外邊天都黑了，心中頓時感到十分訝異——我們真的跟怪獸纏鬥了一整天嗎？

暗淡的月兒飄掛在柏樹林上，映得林子格外陰邪。

我們涉過濕濘的泥地，跨過高長的野草地，穿越濃厚的濕霧，泥巴都沾到我們膝蓋上來了。

我的鞋子陷在深深的水潭裡，踩在盤根錯節的樹根上。

我撥開垂在林間的長灰鬚，一邊深入沼澤，一邊將它們從我臉上揮開。

當我們再也看不到房子後，才不再奔跑，停下來喘口氣。

我在黑暗中聆聽是否有腳步聲——沼澤怪獸的腳步聲。

但我聽不見任何聲響。

「成功了！我們把怪獸殺死了！」我的聲音在夜空中迴盪。

「而且我們逃出來了！」克拉克也歡呼道，「我們自由了，我們安全啦！」

「是啊！我們真的辦到了。」

這句英文怎麼說

我們真的跟怪獸纏鬥了一整天嗎？
Had we really fought the swamp monster all day?

現在我們不再逃命了，大家小心翼翼的涉過沼澤，躍過髒污的水灘及糾結的樹根。

夜空中傳來陣陣奇異的聲響——低鳴聲、急促的腳步聲、尖刺的叫聲。

但我並不在意。

我已經戰勝最惡劣的一場噩夢——沼澤怪獸了，我將牠打倒，並且贏得了最後勝利。

「喂，克拉克，」我突然想起另一封信！「我們一直沒看爺爺、奶奶的第二封信耶！」

「那又如何？」克拉克回答，「不必念了，反正怪獸都掛了，我們已經按照他們第一封信裡告訴我們的——把怪獸殺了嘛。」

「信呢？信在哪兒？」我一邊問，一邊停下步子，「拿出來，克拉克，我想知道信上說什麼。」

克拉克從牛仔褲口袋裡掏出皺巴巴的信封，當他把信攤平時，沼澤裡傳來野獸兇惡的吼聲。

「我……我覺得我們現在不該停下來，」克拉克說，「我們可以待會兒再看，等我們到小鎮打電話給爸媽之後再看也不遲。」

「現在就念啦！」我堅持道，「快點，難道你不想知道信上怎麼說嗎？」

「不想。」克拉克表示。

「我倒想知道。」我告訴他。

「好啦、好啦。」克拉克拆開信封，將信抽出來。

一陣輕風緩緩吹起，將野獸淒厲的呼號聲傳送過來。

黑黝黝的樹林在我們頭頂上搖晃。

克拉克慢慢讀著信，努力在昏暗的月光下辨視內容。

「親愛的葛茜及克拉克，希望你們兩個孩子能平安無事，我們在第一封信裡忘了警告你們。

「萬一怪獸跑出來……而你們也把牠殺掉了……而且也從屋子裡逃出來了，記得要留在馬路上，別闖進沼澤裡。」

克拉克翻翻白眼，大大呻吟了一聲。

這句英文怎麼說

難道你不想知道信上怎麼說嗎？
Don't you want to know what it says?

「繼續念呀！」我催促道，「快念！」

克拉克瞇著眼繼續讀信。

「怪獸的兄弟姊妹們也住在沼澤裡——有好幾十隻，我想牠們都在沼澤中等待著牠……」

聽著克拉克讀信，我的一顆心漸漸往下沉。

「我們看過沼澤中的怪獸群，聽過牠們每晚彼此吹哨傳訊，牠們很氣憤自己的兄弟被捕，正盼著牠回家。因此，請無論如何別闖進沼澤中，那裡很不安全。別進沼澤！祝你們好運！愛你們的爺爺、奶奶。」

克拉克頹然垂下手，信紙也跟著掉到濕地裡。

我緩緩轉過身。

望著遠處一幢幢的黑影。

「葛茜……」克拉克啞著聲音喊我，「妳聽見沒？那是什麼聲音？是什麼……」

「呃……聽起來像是哨聲。」

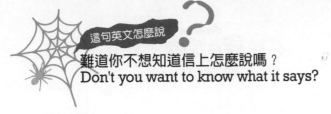

「我……我也這麼認為。」他低聲說，「現在我們該怎麼辦？有沒有其他辦法？」

「沒有，克拉克。」我輕聲回答，「我再也想不出辦法了，你呢？」

- 我沮喪的坐回自己的位子。
  I slumped down in my seat.
- 我正看到精采的地方。
  I am at the good part.
- 他們倆有點奇怪。
  They are a little strange.
- 我在學校有讀到。
  I read about them in school.
- 我們摔得很重，發出好大一聲巨響。
  We hit hard, with a loud thud.
- 怎麼會有人肯住在沼澤裡？
  How could anyone live in a swamp?
- 不准說我幼稚。
  Don't call me a baby.
- 沼澤裡真的很恐怖。
  It was scary in the swamp.
- 我不是叫你們待在車子附近嗎？
  Didn't I tell you to stay near the car?
- 爆胎修好了。
  The flat was fixed.
- 一座沼澤中央的城堡。
  A castle in the middle of a swamp.
- 他有點耳背。
  He's a little hard-of-hearing.
- 要不要來杯好茶呀？
  How about a nice cup of tea?
- 我突然感到一陣害怕。
  A chill of fear washed over me.

我們沒電視。
We don't have a television.

克拉克的房間就在我隔壁。
Clark's room was right next to mine.

我需要找點能提振精神的東西。
I need something to cheer me up.

我衝過房間，接著放聲大叫。
I burst through the door and let out a cry.

克拉克從衣櫥裡走出來。
Clark stepped out from the closet.

也許爺爺耳背反而是他的福氣。
Maybe Grandpa is lucky that he's hard-of-hearing.

我的背部緊貼著牆
I pressed my back against the wall.

好神祕哦！
What a mystery!

他為什麼要那樣靜悄悄的走著？
Why was he creeping along so silently?

沼澤裡到處都是吃人的鱷魚。
Swamps are filled with man-eating alligators.

我只是想嚇嚇你罷了。
I just wanted to scare you.

我一向喜歡多做一點。
I always like to have a little extra.

我想我們不該進去。
I don't think we should go in there.

我真的快受不了我的老弟了。
My brother was starting to get on my nerves.

數以百計的蟑螂從我手指上爬過去。
Hundreds of cockroaches skittered through my fingers.

我們去看看下個房間有什麼。
Let's see what's in the next room.

哇！看看這些破爛東西！
Wow! Look at all this junk!

你推了那木馬嗎？
Did you push that horse?

我把雙手塞到牛仔褲口袋裡。
I stuffed my hands in my jeans pockets.

我開始五五一數。
I started to count by fives.

他們為什麼不准我們打開這扇門？
What don't they want us to open that door?

我該躲在哪裡呢？
Where shall I hide?

至少有十呎高。
At least ten feet tall.

那怪物猛地抬起頭。
The monster jerked his head up.

怪獸的吼聲掩住了克拉克的尖叫。
The creature roared over Clark's cries.

把查理關到浴室裡。
Lock Charley in the bathroom.

接著我發現一件可怕的事。
Then I realized the horrible truth.

我們得打破玻璃！
We have to break the glass!

我用雙手護住自己的頭。
I threw my hand over my head.

查理吠得更兇了。
Charley barked even louder.

我就知道他們會回來！
I knew they'd be back!

我覺得頭疼欲裂。
My head throbbed with pain.

我還以為你被怪獸抓住了！
I thought the monster had grabbed you!

過去幾週我們一直活在恐懼中。
We've lived in terror for the past few weeks.

我們得把冰箱挪開。
We have to move the refrigerator.

你們得設法把怪獸殺掉。
You will have to find a way to kill it.

越逼越近。
Coming nearer.

我們得找個地方躲起來。
We need a place to hide.

我們又跑了起來。
We started to run again.

這個辦法能殺死怪獸嗎？
Was this the way to kill a monster?

我把燭台留在樓上浴室了。
I left the candlestick up in the bathroom.

圖書室裡空蕩蕩的。
The library was empty.

- 我不認為這招會有用。
  I don't think that's going to work.
- 沼澤怪獸看到我們躲在這裡了！
  The swamp monster sees us under here!
- 我聽見怪物在嗅鼻子。
  I heard the creature sniffing.
- 牠聞到我們了。
  He smells us.
- 怪獸又發出一聲長吼。
  The monster let out a long groan.
- 小徑是不是穿過沼澤、通往城裡呢？
  Does that path lead through the swamp to town?
- 牠想先吃我。
  He is going to get me first.
- 也許它會告訴我們該怎麼做！
  Maybe it will tell us what to do!
- 怪獸將我拉過去。
  The monster pulled me close.
- 我發出淒厲的慘叫聲。
  A horrified shriek tore from my throat.
- 這回，牠真的死了嗎？
  Was he really dead this time?
- 我們真的跟怪獸纏鬥了一整天嗎？
  Had we really fought the swamp monster all day?
- 難道你不想知道信上怎麼說嗎？
  Don't you want to know what it says?

雞皮疙瘩系列 17
怪獸必殺技
原著書名── How To Kill A Monster
原出版社── Scholastic Inc.
作　　者── R.L. 史坦恩（R.L.STINE）
譯　　者── 柯清心
責任編輯── 劉枚瑛、何若文
文字編輯── 艾思

國家圖書館出版品預行編目 (CIP) 資料
怪獸必殺技 / R. L. 史坦恩 (R. L. Stine) 著 ; 柯清心 譯 .
-- 2 版 . -- 臺北市 : 商周出版 : 家庭傳媒城邦分公司發行 ,
民 105.01 160 面 ; 14.8 x 21 公分 . -- (雞皮疙瘩系列 ;17)
譯自 :How To Kill A Monster
ISBN 978-986-272-930-4(平裝)
874.59　　104013482

版　　權── 翁靜如、吳亭儀
行銷業務── 林彥伶、石一志
總 編 輯── 何宜珍
總 經 理── 彭之琬
發 行 人── 何飛鵬
法律顧問── 台英國際商務法律事務所 羅明通律師
出　　版── 商周出版
臺北市中山區民生東路二段 141 號 9 樓
電話：(02) 2500-7008 傳真：(02) 2500-7759
E-mail：bwp.service @ cite.com.tw
發　　行── 英屬蓋曼群島商家庭傳媒股份有限公司城邦分公司
臺北市中山區民生東路二段 141 號 2 樓
讀者服務專線：0800-020-299 24 小時傳真服務：(02)2517-0999
讀者服務信箱 E-mail：cs @ cite.com.tw
劃撥帳號── 19833503 戶名：英屬蓋曼群島商家庭傳媒股份有限公司城邦分公司
訂購服務── 書虫股份有限公司客服專線：(02)2500-7718；2500-7719
服務時間：週一至週五上午 09:30-12:00；下午 13:30-17:00
24 小時傳真專線：(02)2500-1990；2500-1991
劃撥帳號：19863813 戶名：書虫股份有限公司
E-mail：service@readingclub.com.tw
香港發行所── 城邦（香港）出版集團有限公司
香港 灣仔 駱克道 193 號東超商業中心 1 樓
電話：(852) 2508-6231 傳真：(852) 2578-9337
馬新發行所── 城邦（馬新）出版集團
Cité(M) Sdn. Bhd. 41, Jalan Radin Anum,
Bandar Baru Sri Petaling, 57000 Kuala Lumpur, Malaysia.
電話：(603)9057-8822 傳真：(603)9057-6622
商周出版部落格── http://bwp25007008.pixnet.net/blog
政院新聞局北市業字第 913 號

美術設計── 王秀惠
印　　刷── 卡樂彩色製版有限公司
經 銷 商── 聯合發行股份有限公司 新北市 231 新店區寶橋路 235 巷 6 弄 6 號 2 樓
電話：(02)2917-8022 傳真：(02)2911-0053

■ 2004 年（民 93）01 月初版
■ 2018 年（民 107）12 月 26 日 2 版 2 刷
■ 定價 / 199 元

ISBN 978-986-272-930-4

Printed in Taiwan
城邦讀書花園
www.cite.com.tw

Goosebumps®

Goosebumps®